Catherine Hapka

Dolphin Dreams
Ein Freund für immer

Alle Abenteuer von **Dolphin Dreams**:

Band 1: Ein einzigartiger Sommer
Band 2: Ein Freund für immer

Catherine Hapka

Dolphin Dreams

Ein Freund für immer

Aus dem Amerikanischen übersetzt
von Ulrich Thiele

Loewe

FSC
www.fsc.org
MIX
Papier aus verantwortungsvollen Quellen
FSC® C014496

ISBN 978-3-7855-8900-7
1. Auflage 2018
erschienen 2017 unter dem Originaltitel
Dolphin Dreams bei Scholastic INC.

Published by arrangement with SCHOLASTIC INC.,
557 Broadway, New York, NY 10012 USA
Dieses Werk wurde vermittelt durch die
Literarische Agentur Thomas Schlück GmbH, 30827 Garbsen.

Aus dem Amerikanischen übersetzt von Ulrich Thiele
Umschlagfotos: © iStock.com/mihtiander, © Tory Kallman/Shutterstock.com
Umschlaggestaltung: Ramona Karl
Printed in Germany

www.loewe-verlag.de

1

Avery

»Willst du wirklich *so* rausgehen?«

»Ja. Warum?« Ich sah an mir herunter. Hatte ich mir etwa meine Shorts vollgekleckert – oder am Ende mein Lieblingsshirt?

Meine Cousine Kady rümpfte verächtlich die Nase. »Du bist nicht mehr zwei, sondern zwölf. Hier bei uns trägt kein Mensch Oversize-T-Shirts mit Delfinen drauf.«

Grinsend blickte Kadys großer Bruder Cameron von seinen Cornflakes auf. »Das Urteil der Modekönigin ist gefallen«, sagte er mit Grabesstimme. »Los, Avery, zieh dir schnell dein schönstes Ballkleid an. Sonst lässt Kady sich nicht mit dir blicken.«

Kady verdrehte gelangweilt die Augen, packte mich

am Handgelenk und zerrte mich zur Treppe. »Ich leih dir was. Aber Beeilung. Meine Freundinnen warten sicher schon.«

Kurz darauf standen wir in Kadys Zimmer. Also in unserem »gemeinsamen« Zimmer.

Ich warf einen Blick auf meine Luftmatratze ganz hinten in der Ecke neben Kadys rappelvollem Kleiderschrank. Wie hatte sich mein Leben in so kurzer Zeit nur komplett auf den Kopf stellen können?

Na ja, eigentlich wusste ich es genau. Mein Dad hatte plötzlich keine Lust mehr gehabt, verheiratet zu sein, und so waren meine Mom und ich umgezogen, Tausende Kilometer weit nach Südkalifornien zu Moms Schwester und ihrer Familie.

Kady war nur ein Jahr älter als ich, als Kinder hatten wir immer gesagt: genau vierzehneinhalb Monate. Deshalb war Kady für mich so eine Art Lichtblick gewesen. Ich müsste zwar alles und jeden zurücklassen, mein ganzes Leben, aber hier in Kalifornien hätte ich wenigstens schon eine neue beste Freundin.

Da hatte ich mich leider geirrt.

»Probier die mal an.« Kady schleuderte mir eine zerknitterte Bluse entgegen. »Sollte einigermaßen passen.«

Eine gelbe Bluse mit Glitzerkragen? Früher hätte

Kady mich wegen so eines Dings ausgelacht. Früher war sie fast wie ein Junge gewesen, genau wie ich, wir hatten beide für unser Leben gern Kaulquappen aus dem Bach gefischt und im Garten gezeltet. Und wir fanden beide Delfinshirts toll.

Ich strich mir über mein angenehm weiches T-Shirt. Bisher hatte dieser Umzug nur einen richtigen Vorteil und das waren die echten Delfine drüben im Pazifik. Kaum hatte mein Cousin Cam herausgefunden, was für ein großer Delfinfan ich war, hatte er mich zum Strand mitgenommen. Bereits vorige Woche, nur ein, zwei Tage nach unserer Ankunft, hatten wir oben auf den großen, glatten Felsen gekauert, bis wir sie endlich entdeckt hatten. Weit draußen im Meer tollte eine ganze Delfinschule herum.

Es war unglaublich. Mit angehaltenem Atem beobachtete ich, wie sie durch die Luft sprangen und wirbelten und wie ihre feuchte Haut unter der kalifornischen Sonne glänzte. Seit ich denken konnte, waren Delfine meine Lieblingstiere, aber bisher hatte ich sie nur im großen Becken des Aquariums gesehen.

Das war also mein wirklicher Lichtblick – nicht Kady, sondern die Delfine. Cam meinte, sie seien sehr oft vor diesem Strand unterwegs, und er musste es wissen, denn er ging ständig dort surfen. Ich brauchte also nur ein paar Minuten laufen, um stundenlang Delfine gucken zu können. Ja, wieso ging ich nicht jetzt gleich dorthin? Ich hatte viel mehr Lust darauf, als mit Kady und ihren Freundinnen shoppen zu gehen.

Aber Kady hatte mich eben zum ersten Mal zu einer gemeinsamen Unternehmung eingeladen und ich hoffte immer noch, sie würde sich wieder in die lustige, nette Cousine von vor einigen Jahren verwandeln. Also kam ich mit. Trotzdem musste ich mir nicht alles vorschreiben lassen. »Danke, aber ich behalte lieber das hier an«, sagte ich und zupfte mein T-Shirt ordentlich zurecht.

»Das geht nicht.« Kady verschränkte die Arme. »Im Ernst. Das wäre eine schwere Modesünde.«

Ich wusste nicht, was sie mir damit sagen wollte, und es war mir auch egal. »Wollen wir jetzt los oder nicht?«, fragte ich und warf die gelbe Bluse auf Kadys Bett.

Kady murmelte irgendetwas Unverständliches und drückte sich an mir vorbei zur Treppe. »Aber beschwer dich nicht, wenn sich die anderen über dich lustig machen.«

Kadys Freundinnen machten sich nicht über mich lustig. Sie beachteten mich überhaupt nicht. Und die

Shopping Mall, an der wir uns trafen, war genau wie die ganzen Malls zu Hause – und gar nicht wie die schicken Einkaufszentren unten in L.A., die ich aus dem Fernsehen und dem Kino kannte, mit lauter Palmen und so. Als ich das sagte, glotzten mich Kady und die anderen an wie eine Außerirdische mit zwei Köpfen und drei Nasen.

Danach sagte ich nur noch wenig, was sehr untypisch war für mich. Eigentlich konnte ich mich mit jedem über alles Mögliche unterhalten. Aber worüber sollte ich mit diesen Mädchen reden? Anscheinend interessierten sie sich nur für Jungs und Klamotten und Lipgloss und Promiklatsch. Gab es in Kalifornien denn gar keine normalen Mädchen mehr?

»Gehen wir mal da rein«, sagte eine von Kadys Freundinnen vor einer Buchhandlung.

Kady rümpfte die Nase. »Igitt, wieso das denn? Wir haben Sommerferien, schon vergessen?«

»Yeah, Sommerferien!«, jubelte eine der anderen.

Das erste Mädchen eilte zum Zeitschriftenständer vor der Tür. »*New Cosmo*? Na, wenn's nichts Besseres gibt …«

Als die anderen alle zusammen in irgendein dummes Modeheft guckten, fiel mir ein weiteres Mädchen in meinem Alter auf. Es stand vor einem Bücherregal im Laden, beobachtete uns aus dem Augenwinkel und blätterte dabei in einem großen Buch mit hellblauem Einband.

Da bemerkte sie meinen Blick, wurde knallrot und wandte sich eilig ab. Sie war kleiner als ich, hatte hellbraune Haut und ihr kräftiges dunkles Haar schien sich kaum von ihrem langen Zopf bändigen zu lassen.

Durch ihre Bewegung konnte ich einen genaueren Blick auf das Buch in ihren Händen erhaschen. Auf dem Einband prangte ein Foto von einem niedlichen Delfin mitten im Sprung. »Hey«, platzte ich heraus und trat zu ihr in den Laden. »Das Buch habe ich zu Hause, das hat mir mein Dad zu Weihnachten geschenkt.« Ich musste schlucken und schob die Gedanken an Dad schnell weit weg. »Es ist echt gut. Magst du Delfine?«

Verunsichert blinzelnd sah mich das Mädchen an. Sie hatte große dunkle Augen mit langen Wimpern. »Äh … ja.« Ihr Blick zuckte von mir zu Kady und wieder zurück.

In diesem Moment drehte Kady sich um. »Hey, Avery.« Sie stampfte auf mich zu. »Belästigt dich dieses Mädchen?«

»Was? Nein.« Ich warf einen Blick auf die Fremde. »Wir haben uns bloß ein bisschen unterhalten.«

Kady fasste mich am Arm. »Komm«, fauchte sie mit einem bösen Blick auf das Mädchen. »Wenn du uns entschuldigen würdest …«

Und schwups! stand ich wieder draußen im Hauptgang des Einkaufszentrums. »Was sollte das denn?« Ich schüttelte Kadys eisernen Griff ab. »Wir hatten uns bloß …«

»Mit solchen Leuten redet man nicht«, fiel Kady mir mit finsterer Miene ins Wort.

»Mit was für Leuten?«

Ihre Freundinnen eilten herbei. »Igitt, war das etwa Maria Flores?«, rief eine von ihnen.

»Genau die.« Kady sah mich an. »Aber Avery kann nichts dafür. Sie hat keine Ahnung, wie Maria drauf ist.«

»Wie soll sie denn drauf sein?« Das Verhalten der anderen verwirrte mich. Ich ärgerte mich fast ein bisschen. »Sie wirkt doch ganz nett.«

Eine von Kadys Freundinnen riss dramatisch die Augen auf. »Nett!? Nein, Avery, mit der solltest du dich auf gar keinen Fall abgeben. Die wohnt in einer total gruseligen Gegend und ihr großer Bruder soll in einer Gang sein!«

»Echt?«, fragte ich ehrlich überrascht. Da, wo ich

herkam, gab es keine Gangs. Ich blickte Maria hinterher – hatten Kady und die anderen womöglich recht?

»Und mit ihrer großen Schwester sollte man sich auch nicht abgeben.« Kady sah mich kopfschüttelnd an. »Von denen muss man sich fernhalten. Kommt, holen wir uns eine Cola. Irgendwie habe ich plötzlich so einen schlechten Geschmack im Mund.«

2

Maria

Kady Swanson zerrte das Mädchen im Delfinshirt davon wie ein Puma seine Beute, doch das Mädchen drehte sich noch einmal nach mir um. Ich tat so, als hätte ich es nicht bemerkt. Wer war das? Eine Verwandte von Kady? Vermutlich ja, denn die Ähnlichkeit war nicht zu übersehen – die tiefblauen Augen, das hellbraune Haar, das kleine spitze Kinn, die zarten Sommersprossen auf den Wangen … Der einzige Unterschied war Kadys arroganter Blick. Diesen Blick benutzte Kady in der Schule wie eine Waffe, mit diesem Blick streckte sie all jene nieder, die sie als unter ihrer Würde erachtete. Lächelnd schloss ich die Augen und stellte mir vor, einen Cartoon von Kady zu zeichnen, in dem Dolche aus ihren eisblauen Augen schossen …

»Maria?«, rief eine vertraute Stimme.

Ich drehte mich hastig um und ließ dabei fast das Buch auf meine Füße fallen. Meine große Schwester Josie kam anmarschiert. Sie spazierte nicht, sie schlenderte nicht, nein, sie schritt kraftvoll und zielstrebig auf mich zu, eine typische Sportlerin. Josie hatte immer ein Ziel vor Augen – und stets ein breites Lächeln auf den Lippen.

»Ich hab dich überall gesucht, *chica*.« Josie warf ihren glänzenden braunen Pferdeschwanz über die Schulter. Wieso waren ihre Haare so perfekt und glatt und meine sahen nach dem Trocknen jedes Mal aus wie ein Vogelnest? Wir hatten doch dieselben Eltern. Das war nicht fair.

»Ich hab mich nur umgeguckt.« Schnell schob ich das Delfinbuch zurück ins Regal. Hätte Josie es gesehen, hätte sie bloß unangenehme Fragen gestellt. Und dann hätte beim Abendessen die ganze Familie über mich diskutiert, während ich auf meinem Platz festsaß wie die aufgespießten Nachtfalter und Käfer in Nicos alter Insektensammlung. Das wollte ich unbedingt vermeiden. Falls alles nach Plan verlief, würde meine Familie schon rechtzeitig davon erfahren. Und wenn nicht … musste sie überhaupt nichts davon wissen.

Josie und ich traten aus der Buchhandlung. Kady Swanson und ihre Kumpaninnen waren verschwunden, zum Glück. Das Delfinmädchen hatte mich schon ein bisschen neugierig gemacht, aber sollte ich deswegen riskieren, Kadys Zorn auf mich zu ziehen? Nein. Das Delfinmädchen wirkte zwar ganz nett, war allerdings mit einer nicht besonders netten Person unterwegs und daher eventuell selbst doch nicht besonders nett. Wie sagte meine *abuelita* immer? »*Dios los cría y ellos se juntan.*« – Gleich und Gleich gesellt sich gern.

»Hey.« Mit einem Fingerstupsen riss Josie mich aus meinen Gedanken. »Bist du mal wieder am Träumen, Schwesterchen? Zeit zum Aufwachen – da drüben ist Schlussverkauf! Vielleicht finden wir ja einen Badeanzug für dich.«

»Ich habe doch einen.« Die Lust aufs Einkaufen war mir gründlich vergangen. Die Klimaanlage war so kalt, dass mir eine Gänsehaut über Arme und Beine kroch. Eigentlich hatte ich mir sowieso nur die Delfinbücher anschauen wollen.

»Den alten blauen Fetzen?« Josie schnaubte. »Freu dich, Mom hat mir Geld für einen neuen gegeben!«

Ich fragte mich wozu, wo mich doch kein Mensch im Badeanzug sah. Zu den überlaufenen öffentlichen

Stränden ging ich nämlich nie. Ich war lieber allein, als mich ins Gewusel der Menschenmassen zu stürzen. Aber meine Schwester stürmte schon zum Geschäft, und so schlurfte ich hinterher und träumte sehnsüchtig von meiner Geheimbucht.

Stunden später tastete ich mich endlich den steilen Geröllpfad hinunter in die Fleckdelfin-Bucht. Das war nicht der offizielle Name – sie lag so versteckt, dass sie auf keiner noch so detaillierten Landkarte eingezeichnet war, doch im Sommer vor zwei Jahren hatte ich sie entdeckt und auf diesen Namen getauft. Seit meine Freundinnen Iggy und Carmen im vorigen Jahr zurück nach Mexiko gezogen waren, war ich dort fast immer ganz allein. Kaum jemand kannte die Bucht, vom Meer aus war sie schwer zu erkennen und der Zugangspfad schien ins Nirgendwo zu führen. Und wenn doch mal jemand auf die Bucht stieß, gefiel es den Leuten dort meistens nicht: Der Strand war schmal und steinig, es gab keinen Handyempfang und die schwachen Wellen waren höchstens für Surfanfänger interessant. Aber mich störte das alles nicht. Ich mochte die Bucht aus einem ganz bestimmten Grund.

Ich warf das Surfbrett und den Rucksack mit dem Skizzenblock und dem anderen Kram in den groben Sand, trat ins Wasser und ließ die kühle Brandung über meine Zehen schwappen. Mit zusammengekniffenen Augen suchte ich die Wellen nach Lebenszeichen ab. Das Wasser war immer in Bewegung und reflektierte die Sonnenstrahlen wie helle Blitze. Hoch oben kreiste eine Möwe, die hin und wieder ein raues Krächzen ausstieß, aber ich suchte etwas anderes.

Da breitete sich ein Lächeln über mein Gesicht aus. Endlich sah ich eine Rückenflosse durchs Wasser gleiten! Im nächsten Moment sprang der erste Delfin im hohen Bogen auf mich zu, dann noch einer und noch einer. Ich schnappte mir mein Surfbrett und watete ins Wasser, ohne die Leash anzulegen, eine Leine, mit der man sein Board eigentlich am Knöchel sichern sollte. Ehrlich gesagt wussten meine Eltern gar nicht, dass ich hier alleine schwimmen ging, aber sie hatten mich ja auch nie direkt danach gefragt … An der Stelle, wo es plötzlich tief wurde, warf ich mich mit dem Bauch aufs Surfbrett und paddelte in die Mitte der Bucht.

Jetzt waren die Delfine ganz nah, nur drei oder vier Surfbrettlängen von mir entfernt. Ich setzte mich auf, ließ die Beine rechts und links im Wasser baumeln und sah ihnen beim Spielen zu. Wie viele waren es heute? Man konnte die glatten grauen Umrisse, die hier und dort hochploppten, kaum durchzählen. Den mit der krummen Schnauze erkannte ich wieder und den Kleineren, Schmaleren, den ich »Kleine Schwester« nannte. Die anderen verschmolzen zu einem einzigen eleganten silbergrauen Gewimmel.

Da schoss ein alter Freund von mir aus dem Wasser.

»Wave!«, rief ich.

Diesem Delfin war ich schon bei meinem allerersten Besuch in der Bucht begegnet – es war ein besonderer Delfin mit vielen weißen Flecken auf der glatten dunklen Haut. Damals hatte ich noch keine Ahnung gehabt, wieso er nicht aussah wie die anderen, aber er hatte mich an ein pointilistisches Gemälde erinnert und deshalb nannte ich ihn zuerst Seurat. Der menschliche Seurat, ein gewisser Georges-Pierre Seurat, war ein berühmter französischer Maler gewesen und sozusagen der Erfinder des Pointilismus. Die Gemälde der Pointilisten bestanden aus nichts als Unmengen von kleinen Punkten – hätte dieser Seurat jemals einen Delfin gemalt, hätte er also ausgesehen wie meiner. Doch dann sah ich zum ersten Mal, wie der schwarz-weiß gefleckte Delfin aus dem Wasser sprang. Elegant und kraftvoll bog er sich in der Luft, bevor er blitzschnell wieder in die Fluten tauchte. Er sah aus wie die perfekte Welle – und so musste ich ihn einfach Wave nennen.

Später hatte ich mich im Internet über Delfine schlaugemacht. Ich wollte wissen, ob mein Pointilisten-Delfin vielleicht krank war, aber wie sich herausstellte, gehörte er einfach zu einer anderen Art als seine Freunde. Wenn mich nicht alles täuschte, war er kein Tümmler, sondern ein Schlankdelfin aus der Gattung der Fleckendelfine. Diese Delfine mochten eigentlich warme tropische Gewässer – so weit oben an der Küste Kaliforniens, wo das Wasser schon etwas kühler wurde, ließen sie sich deswegen nur selten blicken. Aber Wave fühlte sich hier offenbar wohl. Er war andauernd in der Bucht.

Jetzt katapultierte er sich vollständig aus dem Wasser und klatschte dann wieder hinein, dass es nur so spritzte und tausend Schaumtropfen zwischen seinen weißen Flecken landeten. Ich musste lachen. Wave war ein verspielter Kerl, noch verspielter als die anderen Delfine.

»Angeber!«, rief ich und strampelte mit den Füßen, damit mein Board in der Strömung nicht seitlich abdriftete.

Ob Wave gleich noch mal springen würde? Nein,

nach diesem Kraftakt ließ er sich lieber treiben und beobachtete die anderen.

Ich machte es ihm nach und paddelte nur ab und zu mit den Händen und Füßen, um mich in der Nähe des Strandes zu halten. Nicht dass ich Angst gehabt hätte – ich ging im Meer schwimmen, seit wir hierhergezogen waren, also seit ich vier Jahre alt war, und mit meinem Surfbrett (oder auch ohne) fühlte ich mich im Wasser genauso wohl wie auf dem Trockenen. Eigentlich sogar wohler. Hier draußen konnte mir auch mal etwas Dummes herausrutschen, ohne dass mich blöde Teenies wie Kady Swanson dafür auslachten. Hier draußen fand mich niemand seltsam, nur weil ich so schweigsam und immer mit meinem Skizzenblock beschäftigt war. Und hier draußen musste ich auch nicht ständig an Iggy und Carmen denken, obwohl mich die beiden im Stich gelassen hatten.

Im Meer zu schwimmen war also kein Problem für mich, ob es nun tief oder flach war. Bloß zu den Delfinen hielt ich etwas Abstand. Sie waren meine Freunde und sie freuten sich höchstwahrscheinlich auch über meine Gesellschaft, aber wenn ich ihnen zu nahe kam, wurden sie trotzdem nervös. Das verstand ich gut. Ich konnte es auch nicht leiden, wenn mir jemand zu sehr auf die Pelle rückte.

Irgendwann fiel mir auf, wie tief die Sonne über dem Meer stand. Bald war Abendessenszeit, und da ich mit dem Tischdecken dran war, musste ich mich sputen, sonst würde mir meine Mom gründlich die Meinung sagen. Widerwillig paddelte ich zum Ufer.

»Tschüs, Delfine!«, rief ich meinen Freunden zu. Die meisten beachteten mich nicht groß, doch Wave folgte mir die halbe Strecke zum Ufer und streckte sein witziges Fleckengesicht aus dem Wasser, um zu beobachten, wie ich mich aufs Board stellte und von einer kleinen Welle zum Strand tragen ließ.

Als ich dort ankam, sah ich meinen Skizzenblock halb aus dem Rucksack ragen. Kam es mir nur so vor oder guckte mich der Block wirklich vorwurfsvoll an? Ich stopfte ihn tief in den Rucksack. Dann hatte ich heute eben nicht an meiner Zeichnung gearbeitet, und wenn schon! Ich hatte noch mehr als genug Zeit und die sollte ich mir auch lassen. Die Zeichnung musste perfekt werden und so etwas dauerte.

Außerdem hatte es sich gelohnt, diesen Nachmittag mal nicht zu arbeiten. Meine Delfinfreunde und ich hatten eine Menge Spaß gehabt. Zum Abschied pfiff ich ihnen noch einmal zu, dann stieg ich mit meinem Surfbrett und meinem Rucksack die schmalen steilen Serpentinen hinauf nach Hause.

3

Avery

Ich hatte wieder meinen Lieblingstraum, einen Traum, der seit Ewigkeiten in immer neuen Varianten wiederkehrte. Diesmal befand ich mich tief im herrlich blauen Meer, atmete unter Wasser, ohne nachzudenken, und schwamm ohne Anstrengung – umgeben von lauter Delfinen, von großen und kleinen, übermütigen und schüchternen, alle silbergrau und wunderschön und supergut gelaunt. Wir spielten Fangen und Purzelbaumschlagen und hatten mehr Spaß als je zuvor …

Da riss mich ein lautes Scheppern aus meinem Traum.

Müde und entnervt richtete ich mich auf und rieb mir die Augen. Wer machte da so einen Krach? Kady war es nicht, sie lag immer noch leise schnarchend im Bett, ihr glänzendes rotbraunes Haar auf dem Kopfkissen aufgefächert. Das sei ein echtes Seidenkissen, hatte sie mir stolz erklärt, aber so etwas interessierte mich null. Wieder schepperte es und direkt hinter der Zimmertür war ein gemurmelter Fluch zu hören. Ich blinzelte in die helle Morgensonne, stand auf und öffnete vorsichtig die Tür. Bloß nicht Kady wecken! Wir wohnten erst seit gut einer Woche im selben Zimmer, aber ich wusste schon, was für ein fürchterlicher Morgenmuffel sie war.

Im engen Flur des ersten Stocks stand Cam mit einem Surfbrett unter dem linken Arm und einem unter dem rechten. Es war wie ein Ringkampf: Cam wollte die Bretter die Treppe hinuntermanövrieren, aber die wehrten sich hartnäckig. Weil die Treppe so verwinkelt war, musste er sie quer über zwei Ecken und über das geschwungene Eisengeländer wuchten.

»Du bist's, Avery«, flüsterte er und grinste verschämt. »Ich hab schon befürchtet, es wäre Kady.«

Ich lächelte, fasste mit an und hob das längere, blau gemusterte Surfbrett über das Geländer. Als endlich beide Boards unten waren, lehnte Cam sie neben die Haustür. Er trug ein T-Shirt und gestreifte Surfshorts, die fast bis über seine knubbeligen Knie reichten.

»Sorry wegen dem Lärm«, sagte er. »Ich hatte die Boards gestern Abend zum Wachsen mit hochgenommen.«

»Kein Problem.« Natürlich erzählte ich ihm nicht von meinem Traum. Davon wusste niemand, nicht mal meine Mom.

Cam stieg in die ramponierten Flipflops, die auf der Fußmatte neben der Tür standen. »Willst du nicht zum Surfen mitkommen? Soll schöne saubere Wellen geben heute früh.«

»Hmm …« Ob er wohl den *Vorfall* vergessen hatte? Mir kam es zwar manchmal vor, als wäre es erst gestern gewesen, aber es war schon eine ganze Weile her. »Nein danke.«

»Du kannst mein zweites Board nehmen«, sagte Cam mit einem Nicken in Richtung der Surfbretter. »Oder Kadys vielleicht? Sie benutzt es ja sowieso nie.«

»Ich weiß nicht.«

»Komm schon.« Cam hatte ein nettes Lächeln. Ein bisschen wie das von Mom und Tante Janice, aber durch den schiefen Schneidezahn in der unteren Reihe wirkte es ganz besonders schelmisch. »So früh am Morgen sind da immer haufenweise Delfine unterwegs.«

Ich zögerte und versank für einen Moment wieder

in meinem Traum. Als ich am Tag zuvor noch zum Strand gelaufen war, hatte sich die Sonne so grell auf den Wellen gespiegelt, dass ich kaum etwas erkannt hatte. Einmal waren weit draußen vielleicht ein paar Delfine vorbeigeschwommen – oder es waren doch wieder nur Wellen gewesen.

»Du bist jetzt ein echtes California-Girl«, meinte Cam. »Deshalb musst du surfen lernen. Das ist so Gesetz.«

»Wirklich?«, platzte ich heraus. Erst dann bemerkte ich Cams verschmitztes Grinsen. »Ha, ha. Sehr witzig.«

Er lächelte. »Versuch's doch einfach mal. Was soll schon schiefgehen?«

Er hatte leicht reden! Offensichtlich hatte er unseren letzten Besuch hier wirklich vergessen. Damals, im Sommer vor fünf Jahren, hatte ich wie besessen Muscheln gesammelt. Fast ohne Pause war ich am Strand entlanggewandert und hatte nach verborgenen Schätzen im Sand Ausschau gehalten. Eines Tages zog mir das zurückschwappende Wasser ein besonders hübsches Gehäuse unter der Nase weg, ich rannte hinterher – und übersah dabei die Monsterwelle, die direkt auf mich zurauschte. Sie warf mich um, schleuderte mich herum und zog mich hinaus aufs

Meer. Die Zeit stand still. Ich krallte mich in den feuchten Sandboden, konnte weder etwas sehen noch um Hilfe rufen und bekam keine Luft mehr. Wo war oben, wo war unten? Ich hatte kratzige Sandkörner im Badeanzug, unter den Fingernägeln, in den Augen, in der Nase und im Mund, sie nahmen mir die Luft zum Atmen und machten mich blind. Es war schrecklich, ich war am Ertrinken! Erst nach unendlich langer Zeit entdeckte mich Onkel Phil, fischte mich schnell aus dem Wasser und trug mich aufs Trockene.

Den restlichen Urlaub traute ich mich nicht mal mehr in die Nähe des Strandes. Damit ich keine Wasserphobie bekam, wollte mich mein Dad am letzten Tag unbedingt überreden, noch einmal ein paar Schritte ins Meer zu machen, und bestach mich mit einem Eis. Mit drei Kugeln! Kaum trat ich auf den Sand, klopfte mir das Herz bis zum Hals und meine Arme und Beine schlotterten, als würde ich schon wieder ertrinken. Schreiend rannte ich zur Straße hinauf und ließ dabei auch noch mein Eis fallen. Seitdem ging ich nur im sicheren Becken schwimmen und nirgends sonst.

Im Traum war alles so viel leichter. Da konnte ich genauso mühelos im Meer schwimmen wie die Delfine. Vielleicht war das ein Zeichen? Wo ich doch jetzt ganz in der Nähe von echten Delfinen wohnte … Ja, vielleicht war seit dem *Vorfall* wirklich genügend Zeit vergangen. Und wenn ich meine Angst überwand, konnte mein Traum vielleicht eines Tages wahr werden.

Ich hatte zu lange nachgedacht. Cam nahm sich bereits das kleinere Board, das rote, und wollte damit zur Tür.

»Vielleicht schaue ich einfach ein bisschen zu«, sagte ich schnell. »Wartest du kurz, bis ich mich umgezogen habe?«

»Cool!« Cam sah mich freudig überrascht an. »Klar warte ich.«

Ich hastete die Treppe hinauf, stahl mich in unser Zimmer und schnappte mir meinen Badeanzug und Shorts. Weil Kady sich gerade gefährlich grummelnd auf die andere Seite wälzte, schlich ich mich zum Anziehen ins Bad.

Als ich wieder unten ankam, wartete Cam schon mit zwei Thermobechern auf mich. Genau so einen nahm Dad immer zur Arbeit mit, aber an Dad wollte ich jetzt nicht denken …

Cam reichte mir einen der Becher. »Avocado-Beeren-Smoothie to go. Dann mal los! Die Sonne scheint nicht ewig.«

Ich probierte den Smoothie. Er war schön dickflüssig, kühl und süß. »Ich bin startklar!«

Cam griff sich wieder das rote Board. »Nimm doch das Longboard mit. Vielleicht bekommst du ja noch Lust.«

»Klar.« Obwohl ich mich mit ziemlicher Sicherheit nur bis zu den Knöcheln ins Meer trauen würde, schnappte ich mir das blaue Board. Es war leichter als gedacht. Bloß weil ich es dabeihatte, musste ich ja nicht gleich draufsteigen …

Ich stieg auch nicht drauf, jedenfalls nicht an diesem Tag. Ich saß nur am Strand und sah zu.

Cams Surferfreunde waren sehr nett. Es waren Jungs und Mädchen, manche kaum älter als ich, andere schon fast auf dem Weg ins College. Wie sie durch die Wellen fegten und flogen, war wirklich ein genialer Anblick – sie wirbelten und segelten durch die Luft und das Wasser wie Delfine. Ich hatte große Lust mitzumachen. Aber ich hatte auch Angst.

Nach einer Weile ließ Cam sich zufrieden schnaufend in den Sand fallen. »Und?«, fragte er mich.

»Surfen ist echt der Hammer!« Drüben nahm gerade ein hübsches dunkelhaariges Mädchen eine prächtige Welle. »Von so Nahem habe ich das noch nie gesehen. Es sieht so schwierig aus, aber auch so leicht.«

Ich lächelte verlegen. »Okay, das klang jetzt nicht sehr sinnvoll.«

»Doch, total.« Cam fuhr sich über den Kopf und schmierte sich dadurch lauter Sand in die Haare, aber das kümmerte ihn nicht. »Deshalb ist es ja so cool. Willst du nicht auch mal? Ich kann dir das Wichtigste beibringen.«

Ich zögerte, während die Dunkelhaarige kurz vor dem Strand elegant vom Board sprang und vor Freude jubelte. Einer ihrer Kumpels joggte zu ihr und klatschte sie ab. Konnte ich das wirklich auch lernen?

In diesem Moment wurde ein dünner Junge mit rasiertem Kopf von einer plötzlichen Welle vom Board gerissen. Fast gleichzeitig tauchte er wieder lachend auf, doch ich erschauderte. Für eine Sekunde reiste ich fünf Jahre in die Vergangenheit und war gefangen im zornigen Meer.

»Heute nicht«, sagte ich. »Morgen vielleicht.«

Leicht enttäuscht zuckte Cam die Schultern. »Wie du willst. Ich gehe noch mal rein.«

Den ganzen Vormittag sah ich Cam und den anderen zu. Und dabei überlegte ich, ob das hier vielleicht meine große Chance war, die Angst zu besiegen. Wenn ich mein Delfin-Hobby zum Beruf machen wollte, müsste ich mich doch ins Meer trauen, oder? Außerdem sah das Surfen nach großem Spaß aus …

In dieser Nacht träumte ich wieder von den Delfinen und es war schöner als je zuvor. Als Cam am nächsten Morgen leise anklopfte, hatte ich mir schon die Zähne geputzt und den Badeanzug angezogen und war startklar.

4

Maria

Voller Name: Maria Gabriela Flores
Alter: 12
Adresse: 27 West Manz …

»Maria!« Wie ein Donnerschlag an einem ruhigen Sommertag platzte Josie in unser Zimmer. »Da steckst du!«

Ich hörte auf zu tippen und knallte meinen Laptop zu, bevor Josie auch nur den kleinsten Blick auf den Bildschirm erhaschen konnte. »Kannst du nicht anklopfen!?«

Josie lachte. »Das ist auch mein Zimmer, *chica*! Was machst du denn so Geheimes?«

»Nichts.« Meine Augen zuckten zum Computer.

Gleich unter dem Deckel stand die Wahrheit in leuchtenden Pixeln geschrieben. »Ich, äh … habe nur nachgeschaut, ob Igs und Car mir eine Mail geschickt haben.«

»Oh.« Sofort schenkte Josie mir ein mitleidiges Lächeln. Aber dadurch machte sie mir erst recht klar, dass ich keine Freundinnen mehr hatte. Also keine richtigen. Okay, an der Schule musste ich in der Mittagspause nicht mehr allein sitzen – ich hatte drei liebe, fleißige weiße Mädchen kennengelernt, die einfach zu allen nett waren und mich zu mögen schienen, ein bisschen zumindest. Die eine hatte mich im letzten Frühjahr sogar zu ihrem Geburtstag eingeladen.

Aber jetzt, wo seit ein paar Wochen Ferien waren, hatten mich die drei offenbar vollkommen vergessen, genau wie der Rest der Schule. Jedenfalls riefen sie nie an oder schrieben eine E-Mail (ich hatte mich aber auch nicht bei ihnen gemeldet) und natürlich lebten sie alle in einer ganz anderen Gegend. Seit meine besten Freundinnen nicht mehr gleich gegenüber wohnten, war ich wirklich einsam und das hatte meine gesellige große Schwester selbstverständlich bemerkt.

Aber sie wusste bestimmt nicht, wie sich das anfühlte. Josefina Flores war eine großartige Sportlerin mit guten Noten und glänzenden Zukunftsaussichten

Stadtviertel still da. Viele Leute waren in der Kirche St. Cecilia's, zum Beispiel meine Mutter, und fast alle anderen schliefen aus wie mein Vater. Bloß die alte Señora Lozano goss vor ihrem Haus Blumen, und so plauderte ich kurz mit ihr. Die Nachbarn erzählten immer, die Señora wohne schon seit mindestens dreißig Jahren in Kalifornien, aber weil sie trotzdem nur sehr schlecht Englisch sprach, konnte ich mit ihr praktischerweise mein Spanisch üben.

Ich erkundigte mich nach ihren Enkeln und ihrer Katze und verabschiedete mich dann wieder. An der Fourth Street entdeckte ich gerade noch rechtzeitig Manny Aguilar und seine Kumpels. Sie kickten einen Ball durch die Straße, schrien lachend herum und beleidigten sich gegenseitig in zwei Sprachen. Bis sie außer Sichtweite waren, versteckte ich mich lieber hinter einem Gebüsch. Als Kind hatte ich mit Manny gespielt, aber in den letzten Jahren hatte er sich sehr verändert. Seine Freunde und er hatten sich in lärmende Rabauken verwandelt, die wahllos Leute beleidigten und Sachen kaputt machten. Carmen, die ein Jahr älter und weiser war als Iggy und ich, hatte uns erklärt, das passiere mit allen Jungs. So ganz konnte das nicht stimmen, schließlich war Nico immer noch wie früher,

aber mit Manny und Co. wollte ich trotzdem nichts mehr zu tun haben.

Zu dieser Tageszeit lag die Bucht weitgehend im Schatten und die Brandung schwappte fröstelig kalt über meine Zehen. Die kleinen, schwachen Wellen waren nicht mal zum Bodysurfen zu gebrauchen und erst recht nicht zum richtigen Surfen. Weiter draußen ragte keine einzige Finne und kein glücklich lächelndes Delfingesicht aus dem spiegelnden Wasser. Abgesehen von den Vögeln und den wuselnden Meeresbewohnern im Sand war ich allein.

Und darüber war ich ganz froh. So konnte mich nichts von meinem Skizzenblock ablenken.

Ich zog ihn aus dem Rucksack, hockte mich im Schneidersitz in den kühlen Sand und rutschte darauf herum, bis mir keine scharfkantigen Steine oder Muscheln mehr in den Hintern piksten. Dann blätterte ich langsam die Zeichnungen durch – manche hatte ich bloß angefangen, andere waren so gut wie fertig und wieder andere irgendwo dazwischen. Bei einer Skizze von Ästen, die im Wind tanzten, hielt ich inne. Sollte ich mich nicht doch lieber damit bewerben? Hätte ich damit nicht bessere Chancen, von der Jury ernst genommen zu werden? Diese Zeichnung wirkte auf jeden Fall künstlerischer und erwachsener … Aber dann schlug ich die letzte Seite auf, meine fast fertige Zeichnung von Wave. Ich hatte mich richtig entschieden.

Auf der Zeichnung war der gefleckte Delfin mitten im übermütigen Sprung zu sehen, um ihn herum spritzendes Salzwasser, darüber kreisende Möwen. So etwas Gutes hatte ich noch nie zustande gebracht, da war ich mir ziemlich sicher, und deshalb wollte ich mich mit dieser Zeichnung für das Kunstseminar bewerben. Dieser Nachmittagskurs wurde im Herbst am städtischen College abgehalten. Im Prinzip konnten alle Schüler aus der Umgebung mitmachen, aber man musste sich mit einem eigenen Kunstwerk bewerben und laut Internet wurden nicht mal dreißig Prozent der Bewerber angenommen. Es war ein sehr bekanntes und anspruchsvolles Seminar, und wer bis zum Ende durchhielt, kam nach der Highschool meistens auf ein richtig gutes Kunst-College. Das war mein Ziel. Jedes Jahr bewarben sich mehrere Schüler aus meinem Stadtviertel, aber geschafft hatte es nur eine Handvoll.

Für mich standen die Chancen also ziemlich schlecht, auch weil ich zu den jüngsten Bewerbern zählte und mich noch nie irgendwo beworben hatte – und weil ich abgesehen von der Schule noch gar keinen echten Kunstunterricht gehabt hatte. Doch ich musste es probieren. Bei diesem Seminar würde ich von echten Künstlern lernen, die Chance konnte ich mir nicht entgehen lassen. Die hätten vielleicht sogar einen Tipp auf Lager, wie ich meine Familie überzeugen könnte, dass man von der Kunst genauso gut leben konnte wie als Lehrer oder Wissenschaftler oder Ingenieur. Im Moment taten nämlich alle so, als wäre meine Kunstleidenschaft nur eine Spielerei, und ich sollte doch lieber für die Schule lernen oder aufräumen oder mich sonst irgendwie nützlich machen wie ein normales, vernünftiges Mädchen. Außerdem wäre ich mit lauter anderen Kunstfans in dem Seminar. Ja, vielleicht würde ich dort sogar jemanden kennenlernen, der verstand, wie wichtig mir das Zeichnen war, und neue, richtige Freundinnen finden.

Aber genug geträumt, sagte ich mir. Man sollte sich nie zu viele Hoffnungen machen! Ich zückte einen weichen Bleistift, beugte mich über den Block und begann mit der Arbeit.

5

Avery

Vor meiner ersten echten Surfstunde am Samstag behauptete Cam, die Wellen seien an diesem Tag winzig klein und harmlos. Mir kamen sie riesengroß vor.

»Das wird schon.« Cam lächelte mich aufmunternd an. »Ich helfe dir, durch die Brandung durchzukommen, und du kannst dich die ganze Zeit am Board festhalten. Das ist doch halb so wild, was? Entspann dich einfach und gewöhn dich erst mal an das Wasser da draußen. Kein Stress!«

Ich zwang mich zu einem Nicken. Da ich Cam endlich an den Vorfall erinnert hatte, hatte er versprochen, mich nicht unter Druck zu setzen. Aber wenn ich gar nicht erst ins Wasser ging, hatte er gesagt, könnte er mir auch nicht viel beibringen. Das sollte wahrscheinlich ein Scherz sein, doch abgesehen davon war es die reine Wahrheit. Deshalb hatte ich mich am Ende überreden lassen, mich eine Weile draußen hinter den großen Wellen auf Cams Ersatzboard treiben zu lassen.

Der Weg durch die Wellen, die sich am Ufer brachen, war die Hölle. Ein paarmal wäre ich fast zurück zum Ufer gerannt. Ich musste andauernd daran denken, wie mich das Meer gepackt und herumgewirbelt hatte, ohne dass ich irgendetwas dagegen hätte tun können, und wie es mich unter Wasser gedrückt hatte, bis ich keine Luft mehr bekam …

Aber Cam zog mein Surfbrett immer weiter und weiter hinaus. Ich hatte gar keine andere Wahl, als die Luft anzuhalten, mich mit aller Kraft ans Board zu klammern und so wenig wie möglich nachzudenken. Und irgendwann hatten wir die großen Brecher endlich hinter uns gelassen.

Dort draußen hatte ich dann sogar ein bisschen Spaß. Ich redete mir einfach ein, ich wäre bei uns zu Hause im Freibad und nicht im Pazifischen Ozean. Mit dem Bauch nach unten lag ich auf dem Board, ließ mich treiben und beobachtete Cam und die anderen Surfer aus einem ganz neuen Blickwinkel. Über mir schien die Sonne und meine Arme und Beine baumelten im angenehm kühlen Wasser. Wenn Cam und seine Freunde auf die nächste Welle lauerten, besuchten sie mich immer wieder kurz und einmal dachte ich sogar, ich hätte hinten am Horizont einen Delfin springen sehen, aber weil die Sonne mich blendete, konnte ich mir nicht sicher sein. Am Ende schleppte Cam mich auf eine kleine Welle und half mir, sie wie beim Bodyboarden auf dem Bauch liegend bis zum Ufer zu reiten. Das war so lustig, dass ich den *Vorfall* fast vergaß.

Zu meiner zweiten Surfstunde am Sonntagnachmittag ging ich deshalb schon mit etwas mehr Selbstvertrauen. Diesmal brachte Cam mir ein bisschen was übers echte Surfen bei, aber ich wollte ihm immer noch nicht versprechen, es auch im Wasser auszuprobieren.

»Nein, das geht so.« Cam hüpfte auf sein Surfbrett, das neben meinem im Sand lag, und winkelte die Knie an, um mir die richtige Haltung auf dem Board zu zeigen.

Ich machte es ihm nach, ging leicht in die Hocke und streckte die Arme aus. »Besser?«

»Gar nicht übel.« Cam schirmte die Augen vor der Sonne ab und spähte hinaus aufs Wasser. »Und jetzt zeig mir noch mal, wie du aufs Board springst.«

Brav ließ ich mich mit dem Bauch auf das Board plumpsen, machte ein paar Paddelbewegungen und sprang auf. Eigentlich sollte das alles in einer flüssigen Bewegung ablaufen, aber ich stellte mich ziemlich ungeschickt an. Ein paar von Cams Freunden, die eine Pause am Strand einlegten, bejubelten mich trotzdem.

Ich lächelte und verbeugte mich vornehm. »Und?«, fragte ich Cam.

»Ganz okay für einen Frischling.« Cam lächelte. »Willst du's noch mal probieren – da draußen?«

Mein Herz stolperte und in meinem Kopf tobten lauter alte Erinnerungen: wie mich das tosende Meer von den Füßen gerissen hatte, das scharfe Kratzen der Sandkörner auf meiner verbrannten Haut und der Schmerz in meiner Lunge, weil ich die Luft einfach nicht mehr anhalten konnte …

»Komm schon, Aves!« Einer der Jungs, die mir zugejubelt hatten, grinste mich an. Es war ein kräftiger, stark behaarter Kerl mit Irokesenschnitt. »Du kriegst das hin!«

Da war ich mir nicht so sicher. Es war zwar wirklich halb so wild, sich draußen im ruhigen Wasser treiben zu lassen, aber die Wellen wirkten heute echt beängstigend groß. Da konnte Cam tausendmal behaupten, sie wären diese Woche ungewöhnlich niedrig! Oder hatte er am Ende von etwas ganz anderem gesprochen? Seine Freunde und er verwendeten nämlich lauter komische Spezialwörter, »Grommet« zum Beispiel, was anscheinend so viel wie »Surfanfänger« bedeutete.

»Dann mal los«, sagte Cam und befestigte sein Surfbrett mit der kleinen Leine am Bein. Das hatte er mir schon gestern gezeigt. »Und denk an deine Leash.«

Ich ging in die Knie und wickelte mir die Klettschlaufe um den Knöchel. Genau so blieb ich eine Weile hocken, atmete langsam ein und aus und machte mir Mut. Ich würde es hinkriegen. Ich *musste* es hinkriegen. Sonst würde ich mich doch niemals trauen, mit Delfinen im Meer zu schwimmen wie in meinem Traum.

Cam war schon fast im Wasser. »Avery!«, rief er und drehte sich um. »Worauf wartest du?«

»Weiß ich selber nicht, aber ich denke ganz fest drüber nach!« Es war ein lahmer Scherz.

Mit einem Seufzen machte Cam einen Schritt zurück zu mir. Doch plötzlich riss er den Kopf hoch wie der Jagdhund meines Großonkels, wenn er einen Vogel witterte. Cam spähte an mir vorbei den Strand hinauf.

Ich drehte mich um und sah eine Dreierbande aus Teenagermädchen auf uns zukommen. Alle waren im Bikini und hatten ein Surfbrett dabei.

»Yo, Rachel!«, rief Cam mit überraschend tiefer Stimme. »Was geht?«

»Cam?«, sagte ich.

Aber anscheinend hörte er mich gar nicht mehr. Offensichtlich hatte er mich vollkommen vergessen. Cam schüttelte seine Leash ab und joggte den drei Mädchen entgegen, ohne mich noch eines Blickes zu würdigen.

Da stemmte sich der Kerl mit dem Irokesenschnitt vom Sand hoch und griff sich sein Board. »Cam steht eben auf Surferchicks«, sagte er grinsend. »Aber du kommst doch auch ohne ihn klar, was? Komm einfach mit und spür die Welle. Ich sag's dir, du wirst das Ding so was von rocken.«

Ich hatte keine Ahnung, was er mir damit sagen wollte, aber ich nahm trotzdem mein Surfbrett und marschierte hinter Iro zum Wasser.

Kurz davor blieb ich stehen, während Iro johlend weiterstürmte, sein Board nach vorne schleuderte und sich mit dem Bauch daraufwarf. In nur kurzer Zeit war er hinter die Brecher gepaddelt und passte eine Welle ab. Er sprang auf das Brett, überraschend elegant für so einen großen Typen, und ritt sie fast bis zum Ende. Dann ließ er sich ins Wasser fallen und ploppte strahlend zurück an die Oberfläche.

Seine Begeisterung steckte mich an. Das wollte ich auch können! Wovor fürchtete ich mich eigentlich?

»Du kriegst das hin«, murmelte ich und überprüfte ein letztes Mal, ob meine Leash sicher am Board befestigt war.

Und bevor ich es mir noch mal anders überlegen konnte, atmete ich tief ein und sprintete los. Iro hatte recht. Ich brauchte Cam nicht unbedingt. Wenn ich erst mal im Wasser war, würde ich schon darauf kommen, wie das Ganze funktionierte. Ich hatte mir doch auch selber Fahrradfahren beigebracht, weil Dad keine Zeit dafür gehabt hatte.

Doch bereits die ersten Meter durch das flache Wasser waren schwieriger als gedacht. Schon die vorderen Wellen bremsten mich stark aus, und als eine davon direkt vor mir brach und mir beinahe einen Riesenschwall Salzwasser ins Gesicht klatschte, wäre ich um ein Haar wieder umgekehrt. Vielleicht musste mein erster Surfversuch doch noch ein bisschen warten …

Aber was hätte das gebracht? Seit dem *Vorfall* waren fünf Jahre vergangen. Und wenn ich die Chance nutzen wollte, das Ganze hinter mir zu lassen, dann sollte ich es am besten kurz und schmerzlos über die Bühne bringen – wie wenn man sich ein Pflaster herunterreißt. Also lief ich weiter, mit beiden Händen fest ans Surfbrett geklammert, und warf mich im tieferen Wasser aufs Board.

Irgendwie gelangte ich hinter den Bereich, wo sich die meisten Wellen hoch aufbäumten und brachen. Hier war es genauso schön ruhig wie am Samstag und am liebsten wäre ich einfach hiergeblieben, wäre wieder ein paar Stunden auf und ab gepaddelt und hätte nach Delfinen Ausschau gehalten.

Aber dadurch hätte ich meine Angst bestimmt nicht besiegt. Und davon abgesehen konnte mich doch niemand zwingen, gleich beim ersten Versuch auf dem Board aufzustehen. Ich konnte mich genauso gut auf dem Bauch liegend zum Ufer tragen lassen, wie Cam es mir am Ende meiner ersten Surfstunde gezeigt hatte. Das hatte Spaß gemacht und es war nun wirklich nicht viel dabei.

Ich dachte fest an meinen Delfintraum und paddelte langsam in Richtung Ufer. Wie hatte Cam mir noch mal erklärt, wie man eine Welle richtig nimmt? Man lauert auf eine vielversprechende Welle und paddelt dann so schnell, dass man sie kurz vor dem Kamm erwischt … oder wie war das?

Als ich einen Blick zum Strand warf, sah ich Cam immer noch bei einem der Mädchen stehen, einer hübschen Blondine im roten Bikini.

Sollte er doch! Ich brauchte keinen Aufpasser. Ich würde das auch ohne ihn schaffen!

Ich entdeckte eine kräftige Welle, paddelte drauflos und klammerte mich dann fest ans Board, während ich mich nur noch mit den Beinen vorwärtsschob. Doch ich geriet schief vor die Welle, und kaum schob sie sich unter mein Board, kippte ich zur Seite.

Im nächsten Moment schlug das Wasser über mir zusammen, wirbelte mich wild durch die Gegend und meine Hände rutschten vom Surfbrett ab. Das Board donnerte mir gegen die Schulter und gegen das Bein. Ich konnte es nicht abwehren, die Welle drückte mich viel zu schnell hinab, immer weiter hinab bis zum kratzigen Sand am Meeresgrund, weit weg von der Atemluft ...

»Avery!«, blubberte eine Stimme durchs Wasser und schon packten mich kräftige Hände am Arm und zerrten mich nach oben. Oder nach unten? Ich wusste nicht mehr, wo oben und unten war. Mir war schwindlig und mein Herz hämmerte. Meine Haut war aufgeschürft vom Sand, meine Augen brannten vom Salzwasser.

Iro hatte mich gerettet. Erst als er mir auf die Beine half, begriff ich, dass wir fast am Strand waren und dass sich die angriffslustige Welle schon wieder zurückzog. Bald ging mir das Wasser nur noch bis zum Knöchel.

»Alles klar, Kleine?« Iro blickte kurz hinüber zu Cam, aber der hatte meinen misslungenen Surfversuch überhaupt nicht mitbekommen. »Soll ich deinen Cousin holen?«

»N-nein. Schon gut.« Mit zittrigen Fingern schnallte ich die Leash von meinem Knöchel ab. »Alles okay.«

»Cool.« Iro nickte mir anerkennend zu und joggte mit seinem Board ins Wasser.

Irgendwie schaffte ich es, Cams Ersatzboard außer Reichweite der Wellen zu zerren. So gut es ging, schüttelte ich mir die Sandkörner aus den Haaren und dem Badeanzug und heulte dabei fast vor Schmerzen und Ärger über mich selbst. Für heute hatte ich eindeutig genug gesurft. Ich ließ das Board einfach am Strand liegen – so zittrig wie ich war, hätte ich es niemals die zwanzig Millionen Stufen zur Straße hinaufgekriegt. Ich kam die Treppe ja selbst kaum hoch. Oben atmete ich trotzdem nur kurz durch und ging dann sofort nach Hause. Beziehungsweise zu meinem neuen sogenannten Zuhause.

Als ich dort ankam, stand Mom im winzigen Vorgarten und telefonierte mit ihrem Handy. Ich stieß gerade gegen das Tor, da legte sie auf.

»Stell dir vor!« Moms Augen, die genauso blau waren wie meine eigenen, glitzerten wie schon lange nicht mehr. So fröhlich hatte ich sie seit der Scheidung nicht gesehen. Sie wirkte sogar jünger als früher, denn von der kalifornischen Sonne war sie ein bisschen braun geworden und die Haare band sie sich neuerdings zum Pferdeschwanz.

»Was ist?« Ich versuchte, einigermaßen gute Laune auszustrahlen, aber es fiel mir schwer.

Mom schob das Handy in ihre gestreiften Shorts. »Das war meine Anwältin. Sie hat rausgefunden, wie wir sofort an einen Teil der Summe aus der Scheidungsvereinbarung kommen können, auch wenn noch nicht alles geklär... na, ich will dich nicht mit den Details nerven.« Mom kicherte gezwungen und wedelte mit der Hand, wie um eine Mücke zu verscheuchen. »Das Wichtigste ist, dass wir jetzt wieder ein bisschen Geld haben. Meine Anwältin hat gesagt, es reicht sogar für eine Anzahlung auf ein Haus.«

»Wir suchen uns ein Haus?« Mein Herz beschleunigte. »Also ziehen wir wieder in die Nähe von Dad?«

»Was? Nein, nein.« Mom schüttelte den Kopf, ließ

sich aber nur für einen Moment aus ihrer Fröhlichkeit reißen. »Wir suchen uns ein Haus hier in Kalifornien! Ist das nicht toll? Dann sind wir richtige California-Girls, Baby!«

Mom presste mich an sich und hüllte mich in den Duft ihres Pfirsich-Vanille-Shampoos. Ich drückte sie und gab mir Mühe, meine Enttäuschung zu verbergen. *Echte California-Girls …* Davon hatte auch Cam gesprochen, aber das war doch nur ein Scherz gewesen. Wir würden doch nicht für immer hierbleiben, oder? Darüber hatte ich irgendwie nie richtig nachgedacht. Irgendwie hatte ich immer gedacht, das Ganze sei nur eine vorübergehende Lösung, und wenn mit der Scheidung erst einmal alles geregelt war, würden wir wieder in unsere alte Heimat ziehen, zu meinen alten Freundinnen.

Oder vielleicht würde Dad sogar wieder zur Vernunft kommen, vielleicht würde er uns so sehr vermissen, dass …

»Iiehh!« Abrupt wich Mom von mir zurück und lachte. »Du bist ja voller Sand!«

»Stimmt. Ich ziehe mich lieber mal um.« Ich eilte ins Haus. So konnte ich mich vor Mom verstecken, bis ich wusste, was ich von ihren Plänen halten sollte.

Ich war die Treppe erst zur Hälfte hinaufgestiegen,

da hörte ich schon das laute Plappern und kreischende Lachen von oben, und als ich die Zimmertür öffnete, sah ich Kady mit zwei Freundinnen zusammensitzen. Die drei hockten rund um Kadys sogenannten Schminktisch, der eigentlich nur ein stinknormaler kleiner Tisch war. Zuerst starrten sie mich erschrocken an, aber dann entspannten sie sich wieder.

»Du bist's nur!« Kady sprang auf und schloss die Tür mit einem Tritt. »Mom ist doch noch nicht zu Hause?« Sie grinste ihre Freundinnen an. »Wäre schön blöd, wenn sie rauskriegt, dass ich mir ihre Foundation geborgt habe.«

»Und ihren Lippenstift«, ergänzte eine der anderen.

Die Dritte tupfte sich irgendein grellrosa Zeug auf die Wangen. »Und dieses Wahnsinns-Rouge von Chanel!«

»Nee, das ist von meiner Mom«, widersprach die Zweite glucksend. »Wenn sie herausfindet, wo das Zeug abgeblieben ist, bin ich so was von tot!«

Erst jetzt fiel mir die Glitzerschmiere auf den Gesichtern der drei Mädchen auf. Sie sahen total lächerlich aus – aber da mussten sie schon selbst draufkommen.

»Nein, ich habe Tante Janice nicht gesehen«, sagte ich, ging zum Kleiderschrank und wühlte in der kleinen Ecke, die Kady mir widerwillig freigeräumt hatte. Mit frischen Shorts und einem T-Shirt zog ich mich zum Duschen und Umziehen ins Bad zurück.

Ein paar Minuten später war ich wieder sauber, trocken und vor allen Dingen nicht mehr voller Sand. Ich warf den sandverschmierten Badeanzug in den Korb neben der Waschmaschine und lief schnell an Kadys Zimmer vorbei, die Treppe hinunter und in den Hobbyraum. Dort saß Onkel Phil vor dem Fernseher und guckte Sport.

»Hi, Avery«, rief er mir entgegen. Onkel Phil war ein lauter, gut gelaunter und geselliger Typ – eine echte Stimmungskanone, sagte meine Mom immer. Kady und mir war schon als kleine Kinder aufgefallen, wie unterschiedlich unsere Väter waren: auf der einen Seite der kräftige, stets braun gebrannte Onkel Phil mit der dröhnenden Stimme und dem Dauerlächeln, auf der anderen mein schmaler, blasser und immer so ernsthafter Dad.

»Hi«, sagte ich. »Kannst du mir vielleicht ein Fernglas leihen?«

»Ein Fernglas?« Onkel Phil kratzte sich am Kopf und stand auf. »Aber klar doch. Willst wohl die Nachbarn ausspionieren, was?«

Brav kicherte ich über seinen lahmen Witz. »Eigentlich wollte ich vom Ausguck nach Delfinen Ausschau halten.«

»Nach Delfinen? Na dann!« Onkel Phil zog eine Schublade in der Fernsehwand auf, stöberte kurz darin herum und fischte ein staubiges Fernglas heraus.

Ich bedankte mich und schlüpfte schnell durch die Hintertür aus dem Haus, um Mom aus dem Weg zu gehen. Bald stand ich auf der Anhöhe über dem Nordende des Strandes. Laut dem Hinweisschild war das hier ein offizieller »Aussichtspunkt« – es gab eine Sitzbank, ein paar Blumen und einen niedrigen Metallzaun, damit niemand die zehn Meter hohe Felswand hinabstürzte. Cam und seine Freunde gingen meistens am Südende des Strandes surfen, dort waren die Wellen größer und der Sand weniger steinig. An diesem Ende war kaum etwas los. Nur ab und zu spazierte ein älterer Herr mit Metallsuchgerät vorbei oder ein Pärchen, das ungestört sein wollte. Im Moment sah ich aber bloß ein paar Möwen an einem Algenklumpen herumpicken, sonst regte sich nichts.

Für den Strand interessierte ich mich sowieso nicht. Ich putzte die Linsen des Fernglases und spielte ein bisschen an den Einstellungen herum, um es scharf zu stellen. Im Physik-Unterricht im letzten Schuljahr hatte sich eine ganze Lektion um Optik und Linsentechnik und so weiter gedreht. Jetzt konnte ich mein Wissen praktisch anwenden.

Sobald ich den Bogen raushatte, suchte ich das Wasser hinter den Brandungswellen ab. Vielleicht würde dort ja irgendetwas die glatte Oberfläche durchbrechen.

Währenddessen dachte ich zurück an meinen peinlichen Sturz vom Surfbrett und an Moms Neuigkeiten. Sollten wir jetzt wirklich für immer hierbleiben? Bisher machte ich mich als kalifornisches Surfergirl ja nicht besonders gut …

Da huschte etwas Dunkles durch mein Blickfeld. Ich schnappte nach Luft, schwenkte das Fernglas herum und hielt den Atem an. Plötzlich war alles andere vergessen.

Nach kurzer Zeit brach eine Rückenflosse durch die Wasseroberfläche. Ein Delfin! Und als ich den Blick über die nähere Umgebung wandern ließ, entdeckte ich immer mehr auf- und wieder untertauchende Finnen.

»Das ist eine ganze Schule«, flüsterte ich aufgeregt, während der letzte Rest meiner düsteren Gedanken verflog.

Ein Delfin sprang hoch und katapultierte sich fast vollständig aus dem Wasser. Ein anderer flitzte halb über, halb unter der Oberfläche hinterher. Diese Art zu schwimmen sei typisch für Delfine, hatte mir ein Angestellter des Aquariums in meiner alten Heimatstadt erklärt.

Ich guckte der Delfinschule lange beim Springen und Spielen zu und presste mir das Fernglas dabei mit aller Kraft gegen die Augenhöhlen. Hinterher würde ich bestimmt aussehen wie ein Waschbär, aber das kümmerte mich wenig. Das war einfach unglaublich!

Im nächsten Moment schoss ein weiterer Delfin aus dem Wasser, schien für einige Sekunden in der Luft zu schweben und klatschte wieder hinein. Dieser Delfin war irgendwie anders als die anderen, dunkler und so merkwürdig gefleckt ... Ich konzentrierte mich auf die Stelle, wo er untergetaucht war. Den wollte ich mir genauer anschauen.

Kurz darauf sah ich ihn wieder. Der gefleckte Delfin schleuderte sich in die Höhe, drehte sich in der Luft und tauchte mit einem dramatischen Schwanzflossenschlenker ins Wasser. Er war tatsächlich dunkler als die anderen und seine glänzenden Flanken waren gesprenkelt von blassen Flecken. So einen Delfin hatte ich noch nie zu Gesicht bekommen. Gehörte er vielleicht zu einer besonderen Art oder hatte er diese Flecken aus einem anderen Grund? Ich musste an meine alte Freundin Bree denken. Mit ihren unzähligen Sommersprossen sah sie sogar im Winter sonnengebräunt aus.

Egal! Als ich dem gefleckten Delfin zusah, wie er mit seiner Schule im Wasser spielte, blickte ich gleich ein bisschen zuversichtlicher in die Zukunft. Ich war wohl noch kein echtes California-Girl, aber solange wir hier wohnten, konnte ich solche Momente miterleben. Das war doch auch etwas.

6

Maria

An diesem Tag kamen keine Delfine mehr zu Besuch, doch als ich die Bucht verließ, war dafür meine Zeichnung fertig – besser würde ich sie bestimmt nicht mehr hinkriegen. Wave schien direkt aus dem Papier zu springen. Seine feuchte Haut glänzte in der Sonne und seine schwarzen Augen sahen mich schlau und neugierig an, als wüsste er genau, wer ihn erschaffen hatte.

Zu Hause saß ich mit dem Skizzenblock auf dem Schoß da und fuhr seine Rückenflosse mit dem Zeigefinger nach. Ich musste lächeln. Wie oft hatte ich ihm zugesehen, wie er fröhlich und ausgelassen durch die Luft sprang, aus purem Spaß an der Freude? Mit meiner Zeichnung hatte ich nicht nur Waves elegantes

Äußeres einfangen wollen, sondern auch seine Seele, und mit dem Ergebnis war ich ziemlich zufrieden. Hätte ich jetzt noch etwas geändert, irgendein Detail hinzugefügt oder einen kleinen Fehler korrigiert, hätte ich es nur verschlimmbessert. Außerdem musste die Bewerbung bis Ende der Woche angekommen sein und bis zur letzten Minute wollte ich auf keinen Fall warten. Heute konnte ich sie nicht mehr abschicken, weil die Post am Sonntag geschlossen hatte, aber ich konnte schon alles vorbereiten. Dann musste ich morgen früh nur noch den Brief wegbringen.

Unser einziger Drucker stand im Wohnzimmer. Ich legte die Zeichnung beiseite und füllte erst einmal das Online-Formular aus. Dann trug ich meinen Laptop durch den Flur und sah mich dabei gründlich um. War wirklich niemand zu Hause? Sollte mich irgendwer beim Drucken erwischen, würde meine Familie tausend neugierige Fragen stellen, und darauf konnte ich gerade wirklich verzichten.

Im Haus war es still. Meine Mutter ging nach der Kirche immer rüber zu ihrer Schwester und blieb meistens dort, bis es Zeit zum Kochen war. Mein Vater war vor einer halben Stunde weggefahren, Josie hing wahrscheinlich immer noch am Strand herum – und Nico? Keine Ahnung, wo der steckte, aber am Wochenende ließ er sich sowieso so gut wie nie zu Hause blicken. Erst recht, seit er seinen Führerschein in der Tasche hatte und ein Kumpel ihm seinen alten klapprigen Toyota verkauft hatte.

Als Erstes kopierte ich meine Zeichnung mit der Kopierfunktion des Druckers. Auf der Internetseite der Schule wurde man ausdrücklich aufgefordert, eine Kopie des Originals zu machen, weil manche Briefe in der Post verloren gingen. Danach klappte ich den Laptop auf und überprüfte das Formular ein letztes Mal auf Tippfehler. Auf mich wirkte alles perfekt. Also klickte ich mit angehaltenem Atem auf Drucken.

Gerade erwachte der Drucker zum Leben, ächzte und knarrte dabei wie ein schlummernder Troll, der tief in seiner Höhle aus dem Schlaf gerissen wurde, da hörte ich die Haustür aufgehen. Ich spähte über die Küchentheke – mein Bruder kam herein.

Obwohl ich mein Bestes gab, mich unsichtbar zu machen, hatte Nico mich sofort entdeckt. »Hey, Maria!« Er eilte durch die Küche und den kleinen Bogendurchgang ins Wohnzimmer. »Wundert mich ja, dass hier überhaupt wer zu Hause ist. Was machst du da?«

»Nichts«, sagte ich, auch wenn mich der lärmende Drucker Lügen strafte. »Ich, äh … drucke bloß was aus.«

»Aha.« Nico warf seine Autoschlüssel auf den Sofatisch und trat näher. »Was denn? Hast du nicht mitbekommen, dass Ferien sind?«

Ich lachte künstlich. »Doch, doch. Das …« Jetzt musste ich schnell schalten. Ich würde bestimmt nicht die Wahrheit sagen, auch weil ich noch nicht wusste, ob ich überhaupt in das Seminar aufgenommen werden würde. »Das … ist nur eine Bewerbung. Für einen Job.«

»Du suchst einen Job?«, erwiderte Nico überrascht. »Du bist doch erst … elf oder so?«

»Ich bin zwölf.« Aber das Problem war natürlich klar: Auf was für einen Job sollte man sich als Zwölfjährige denn groß bewerben?

Während ich noch über meine nächste Lüge nachdachte, schepperte der Refrain eines brandneuen Songs aus Nicos Hosentasche. Nico zog sein Handy hervor, warf einen Blick aufs Display und strahlte.

»Hey, Sof!«, rief er ins Telefon, ohne mich weiter zu beachten, und schlenderte hinüber in sein Zimmer.

Was für ein Glück, dass Nico eine Freundin hatte! Erleichtert sackte ich in mich zusammen und beobachtete, wie das Papier unendlich langsam aus dem Drucker herausgepresst wurde.

Ungefähr zwei Jahrtausende später war es vollbracht. Ich schaltete den Drucker aus und flüchtete mit dem Laptop und dem Formular in mein Zimmer. Den großen braunen Umschlag hatte ich mir schon vorher bereitgelegt. Ich schob die Zeichnung und das Formular sorgfältig hinein, schrieb die Adresse darauf und versteckte den fertigen Brief unter meiner Matratze. Wenn Josie ihn gar nicht erst sah, musste ich mich auch nicht mit ihren neugierigen Fragen herumschlagen, und gleich morgen früh würde ich ihn zur Post bringen.

Als ich mich später auf meinen Platz am Abendessenstisch schob, musste ich immerzu an den Brief denken. Was würde die Jury von meiner Zeichnung halten? Für die Bewerbung waren keine bestimmten Themen vorgeschrieben und Zeichnungen waren genauso erlaubt wie Skulpturen oder alles andere, aber mein simples schwarz-weißes Delfinbild kam mir plötzlich sehr kindisch vor. Damit wollte ich mich für so ein berühmtes Kunstseminar bewerben? Machte ich mir am Ende nur etwas vor?

Bei uns zu Hause war das Sonntagsessen immer eine wichtige Angelegenheit. Sonntagabend kam meine *abuelita* vorbei, die Mom von Papa, und brachte

Aggie mit, eine winzige verhutzelte Frau aus Panama, die ihr schon seit Ewigkeiten zur Hand ging. Meistens tauchte auch Tia Teresa auf, die Schwester meiner Mom, mitsamt ihrem dritten Ehemann und ihrem vierjährigen Sohn. Heute hatte außerdem Josie ein paar Freunde vom Strand angeschleppt und Nicos Freundin Sofia war ebenfalls mit von der Partie – im Esszimmer wurde es also richtig eng und laut. Von allen Seiten griff irgendwer nach Moms *albóndinga*-Fleischbällchen und nahm sich von Teresas Nudelauflauf und dem halben Dutzend anderer Gerichte auf dem viel zu kleinen Tisch.

»Maria! Aufwachen, junge Dame!« Tia Teresa schnippte mit den Fingern. »Reichst du mir bitte mal den Reis?«

»Klar.« Ich hievte die Steingutschale hinüber und verbrannte mir dabei fast die Finger.

Danach versank ich gleich wieder in meinen Gedanken. Für dieses Seminar bewarben sich die größten Kunsttalente der ganzen Küstenregion, auch ein paar Leute von meiner Schule, die wirklich sehr begabt waren. Wie war ich bloß auf die Idee gekommen, ich könnte da mithalten?

Andererseits … Wieso eigentlich nicht? Hatten mich nicht schon immer alle für mein künstlerisches

Talent gelobt? Okay, zumindest fast alle. Meine Familie hatte sich nie besonders für meine Zeichnungen interessiert. »Kritzeleien«, sagte meine Mom dazu. Mein Großvater hatte mich ab und zu ins Museum mitgenommen und war einmal sogar mit mir nach San Diego zu einer Sonderausstellung für moderne Kunst gefahren, aber er war vor einiger Zeit gestorben und die anderen betrachteten Kunst als Zeitverschwendung. Statt seine Tage mit solchen Spielereien zu vergeuden, konnte man doch genauso gut lernen, damit man später einen guten Job bekam, oder Sport treiben, um sich fit zu halten! Kunst war eben nichts Handfestes und damit in den Augen meiner Familie einfach nur unwichtig.

Doch ich war seit der ersten Klasse die Lieblingsschülerin aller Kunstlehrer und am Ende der Fünften hatte ich einen Preis für eines meiner Bilder gewonnen. Das hatte sogar meine Eltern aufhorchen lassen. Wobei Papa gemosert hatte, es wäre ihm lieber gewesen, wenn ich auch noch den Preis für die besten schulischen Leistungen abgestaubt hätte, so wie Josie in meinem Alter.

Plötzlich sagte jemand meinen Namen und riss mich dadurch aus meinen Gedanken. Alle starrten mich an.

»Und?« Nico lächelte mich übertrieben freundlich an. Wenn er so schmierig grinste, hatte er sich immer irgendeine kleine Gemeinheit ausgedacht. Wahrscheinlich wollte er vor Sofia auf cool machen. »Wirst du jetzt bald Supermarktleiterin oder steigst du lieber bei der Bank ein? Aber dir ist schon klar, dass du keine Zeit mehr für dein Gekritzel hast, wenn du erst mal von früh bis spät am Schuften bist?«

»Hä?« Ich schaute mich um. Wovon redete Nico bloß?

»Lass das«, herrschte meine Mutter ihn an und drehte sich zu mir. »Nico hat uns gerade erzählt, dass du dich für einen Job bewerben willst. Stimmt das denn?«

»Ja, erzähl doch mal!« Teresas Mann gluckste so begeistert, dass sein Doppelkinn wackelte wie Pudding. »Was arbeitet man heutzutage so als kleines Kind? Und wie sieht's mit den Sozialleistungen aus?«

Ich verstand schon wieder kein Wort, aber wenigstens hatte ich viel Übung darin, meinen sogenannten »Onkel« Hector und seine unlustigen Witze zu ignorieren. Außerdem wusste ich endlich wieder, wovon die Rede war. Vor lauter Grübeln über meine Chancen bei dem Kunstseminar hatte ich völlig vergessen, dass Nico mich beim Drucken ertappt hatte. Jetzt ärgerte ich mich darüber, ihm die alberne Geschichte von der Jobsuche erzählt zu haben. Aber was hätte ich stattdessen sagen sollen? Die Wahrheit war nicht infrage gekommen. Das hätte nur ein Riesentheater gegeben.

»Ähm, na ja, es war ein Job bei … bei der Surfschule ein bisschen nördlich von hier«, stammelte ich und kam dabei hoffentlich nicht so wirr und schuldbewusst rüber, wie ich mich fühlte. »Aber mir ist im letzten Moment aufgefallen, dass man da mindestens vierzehn sein muss, und deshalb habe ich die Bewerbung gleich wieder weggeworfen.«

»Das ist ja schade.« Papa nahm sich von den Bohnen. »Du bist eine hervorragende Surferin. Mit dir hätte diese Schule sicher keinen Fehler gemacht. Aber dann probierst du's einfach in ein paar Jahren noch mal, was?«

Als Papa mir dieses Kompliment machte, strahlte ich innerlich – allerdings nur, bis Mom sich zu Wort meldete.

»Weißt du was, Maria? In deinem Alter hat Josie als Babysitterin gejobbt. Also wenn du dir ein bisschen Geld dazuverdienen willst, frag doch mal bei den Nachbarn.«

»Das ist eine tolle Idee«, pflichtete Tia Teresa ihr

bei und tätschelte ihren Sohn, der sich gerade eine grüne Bohne in die Nase stopfte. »Falls ich doch wieder anfange zu arbeiten, darfst du auf den kleinen Oscar aufpassen.«

Fast hätte es mich vor Grauen geschüttelt. »Nein, schon gut«, sagte ich schnell zu meiner Mutter. »Eigentlich brauche ich gar keinen Job. Ich dachte nur …«

»Aber Mom hat recht, chica«, fiel Josie mir ins Wort. »Wenn du willst, haue ich mal meine alten Arbeitgeber an.«

»Das klingt doch gut!« Stolz lächelte Papa seine älteste Tochter an. Als hätte Josie soeben das endgültige Heilmittel für die Grippe entdeckt! »Mach das mal.«

»Nein, nein«, sagte ich, doch auf mich hörte schon kein Mensch mehr. Alle plapperten von irgendwelchen Bekannten mit kleinen Kindern und beklagten sich über die faulen jungen Leute von heute, die viel zu verzogen waren, um für ihren Lebensunterhalt zu arbeiten. Aber so weit würde man es in dieser Familie niemals kommen lassen, *Dios mediante*!

So wurde meine angebliche Jobsuche im Handumdrehen zum Familienprojekt und ich konnte nichts mehr daran ändern. Zum Glück war Josie heute mit Tischabräumen dran. Ich schlang meine restliche

Portion hinunter und flüchtete mich danach sofort in die Bucht, denn nur dort hatte ich meine Ruhe. Vor lauter Hektik vergaß ich sogar mein Surfbrett und meinen Skizzenblock.

Aber das machte mir nichts aus. Die Zeichnung für meine Bewerbung war sowieso fertig – und als Wave seine unverwechselbare gefleckte Schnauze aus dem Wasser streckte, wusste ich wieder, wie gut sie mir gelungen war. Vielleicht war sie sogar gut genug für das Kunstseminar. Sollte das klappen, würde sich das Problem mit meiner Familie und ihren gut gemeinten Jobangeboten schon irgendwie in Wohlgefallen auflösen.

Meine Laune hatte sich gebessert. Ich watete durch die Brandungswellen, die größer und kräftiger waren als vorhin, bis zu der Stelle, wo es abrupt tief wurde. Einige Minuten blieb ich dort stehen, ließ das kühle Wasser um meine Hüften strudeln und beobachtete die Delfine. Wave hielt sich weiter hinten, als hätte er heute Abend keine Lust auf Kunststückchen, aber die anderen sprangen und spielten und freuten sich an ihrer Freiheit. Und wie immer fühlte auch ich mich gleich ein bisschen freier.

7

Avery

Am Sonntagabend ging ich gleich nach dem Abendessen zum Aussichtspunkt. Um meinen Hals baumelte wieder das Fernglas. Richtig dunkel würde es erst in einer Stunde werden und außerdem quasselten Mom und Tante Janice beim Aufräumen der Küche nur noch über Immobilienmakler und Quadratmeterpreise. Sogar Kady schien sich ehrlich für die Suche nach unserem neuen Haus zu interessieren. Sie hatte sich tatsächlich freiwillig gemeldet, zu den Besichtigungsterminen mitzukommen.

In diesem Moment hatte Mom einen Blick auf mich geworfen und darauf gewartet, dass ich in die allgemeine Begeisterung einstimmte. Stattdessen hatte ich einen großen Schluck Wasser getrunken und mich so um die Antwort gedrückt. Ich war mir immer noch unsicher, was ich von Moms Kalifornien-Plänen halten sollte. Auch weil ich mit voller Absicht nicht groß darüber nachdachte. Ich war unter achtzehn und hatte deswegen bei solchen Sachen sowieso nicht viel mitzureden, also wozu sollte ich mir den Stress machen?

Wie üblich war am Aussichtspunkt nichts los. Nur ganz unten am Wasser liefen ein paar Schüler von der Highschool den Strand entlang. Aber sie blickten nie nach oben und ich achtete nicht weiter auf die Gruppe.

Ich suchte das Meer ab. Zunächst war nicht viel zu entdecken. Draußen am Horizont fuhr ein riesenhaftes Schiff vorbei, doch auf diese Entfernung waren selbst mit dem Fernglas kaum Details zu erkennen.

Weil am Nordende des Strandes einfach nichts Aufregendes passieren wollte, richtete ich das Fernglas nach Süden. Vielleicht waren dort ja noch ein paar von Cams Freunden unterwegs? Es hockten wirklich einige Leute im Sand oder planschten im Wasser, aber auf dem Surfbrett stand niemand mehr. Oder doch? Als ich weiter hinten eine Bewegung bemerkte, schwenkte ich das Fernglas herum.

Aber das war kein Surfer! Es war der schwarz-weiß

gefleckte Delfin! Kaum hatte ich die Stelle anvisiert, schoss er mitten aus den hohen Klippen am Wasserrand. Und tauchte im nächsten Augenblick wieder unter. Ich wartete ab. Ob er sich noch mal zeigen würde? Oder vielleicht gleich seine ganze Schule? Doch es war, als hätte ich ihn mir nur eingebildet, so ruhig blieb das Meer.

Langsam tastete ich die Wasseroberfläche mit dem Blick ab. Wo war er nur hin? Und woher war er überhaupt gekommen? Bei genauerem Hinsehen entdeckte ich in den schäumenden Wellen eine Lücke zwischen den Klippen. Vielleicht ging es dort in eine Höhle hinein … oder in eine kleine Bucht? Da schrie ich leise auf – urplötzlich sprangen mehrere Delfine in mein Sichtfeld! Hinter diesem dunklen Eingang musste also eine Art Geheimversteck liegen.

Kurz darauf waren die Delfine wieder verschwunden, aber ich drehte trotzdem am Einstellrädchen des Fernglases, um die Stelle genauer zu studieren. Es brachte nur nichts. Besonders weit entfernt war das Geheimversteck nicht, aber aus diesem Winkel konnte ich es nicht richtig erkennen.

Ich ließ das Fernglas vom Hals baumeln, spähte mit bloßen Augen in die Richtung und schätzte ab, wie weit ich bis zu dieser Bucht (oder was auch immer es war) ungefähr zu laufen hätte. Besonders weit war es nicht. Das sollte ich locker zu Fuß schaffen.

Von meiner neuen »Heimat« kannte ich bisher fast nur den Strand und den Aussichtspunkt, aber ich wusste, dass die eigentliche Stadt ebenfalls im Süden lag, gleich hinter dem Strand. Und nachdem ich nur zehn Minuten lang an der Overlook Avenue die kurvige Küste entlanggelaufen war, war ich auch schon da. Das Stadtzentrum war ziemlich klein, es bestand lediglich aus ein paar Kreuzungen an der Center Street, die allerdings keine besonders eindrucksvolle Hauptstraße war. Dort gab es eigentlich nur Wohnhäuser, auch wenn sie größer und älter waren als mein neues Zuhause und die anderen Häuser in unserem Wohngebiet. Bloß ganz in der Nähe vom Meer quetschten sich ein paar kleine Läden, eine Bankfiliale, die Post und das Polizeirevier dicht aneinander. Zum Einkaufen gingen die meisten Leute sowieso einige Kilometer landeinwärts am Highway. Jedenfalls hatte Tante Janice uns gleich nach unserer Ankunft erklärt, dass man dort ein Einkaufszentrum findet und einen Supermarkt und was man sonst so brauchte.

Heute, am Sonntagabend, hatten die paar kleinen Läden geschlossen. Nur das schicke Fischrestaurant direkt auf den Klippen über dem Meer hatte noch geöffnet. Dorthin hatten Tante Janice und die anderen Mom und mich an unserem ersten Abend in Kalifornien eingeladen. Auf dem Bürgersteig vor dem Restauranteingang starrten ein paar Leute auf ihr Handy und die Meeresbrise trug eine Klimpermelodie nach draußen. Ich überquerte die Center Street, ohne dass ich irgendwem aufgefallen wäre, und lief weiter.

In den nächsten ein, zwei Straßen sah es ungefähr so aus wie drüben in unserem Viertel, doch dahinter veränderte sich die Stadt allmählich. Hier waren die Wohnhäuser bescheidener und dazwischen ragte ab und zu ein großer Wohnblock auf. Es waren einige hübsche Häuser mit bunt gestrichenen Fensterläden und Blumen im Vorgarten dabei, aber andere wirkten ein bisschen heruntergekommen.

Ich kam an einem weiteren Lokal vorbei. Das Restaurantschild war zum Teil auf Spanisch und aus den Fenstern drang beschwingte Musik. Eine Frau auf dem Weg zur Eingangstür musterte mich irritiert. Als ich sah, wie hell die Coca-Cola-Neonwerbung über dem dunklen Bürgersteig leuchtete, kapierte ich erst, dass es schon ziemlich spät sein musste. Fast wäre ich umgekehrt, aber ich konnte nicht anders, als mich noch ein bisschen weiter umzuschauen.

An der Overlook Avenue ging ich zwischen den

Häusern ein paar Stufen hinab zum Meer. Wie weit war ich die Küste schon hinuntergelaufen? War die kleine Bucht vielleicht ganz in der Nähe? Doch am Ende des Weges wurde mir klar, dass ich noch weiter Richtung Süden musste.

»Hey, du!«, rief da jemand hinter mir.

Ich drehte mich um und entdeckte zwei Jungs auf Fahrrädern. Beide waren etwas älter als ich. Sie strampelten auf mich zu, rissen dabei immer wieder das Vorderrad nach oben und starrten mich grinsend an.

»Was machst du hier, *blanquita*?«, fragte der eine und fuhr wieder ein paar Meter auf dem Hinterrad. In der Nähe rollte sein Kumpel im Kreis herum.

»Hast dich wohl verlaufen, was?«, sagte der andere und machte eine Bemerkung auf Spanisch. Sein Freund lachte.

Ich lief einen Schlenker zur Seite, an den beiden vorbei. »Wollte sowieso gerade nach Hause«, murmelte ich, was die beiden aber vielleicht gar nicht mitbekamen.

»Hey, hab keine Angst!«, rief mir der eine hinterher. »Hast du noch nie einen gut aussehenden Latino gesehen?«

Da mussten die beiden wieder lachen. Aus Angst, sie könnten mir hinterherfahren, ging ich schneller, aber ihr Gelächter wurde schon leiser und leiser. Trotzdem lief ich im selben Tempo weiter und drehte mich lieber nicht mehr um, bis ich wieder die Center Street überquert hatte.

Als ich zur Haustür hereinkam, saßen Cam und Kady im Hobbyraum und stritten sich ums Fernsehprogramm.

»Woher kommst du denn?«, fragte Cam mich verwundert. »Ich dachte, du bist oben.«

»Hab nur einen Spaziergang gemacht.« Ich setzte mich auf die Sofakante. »Okay, eigentlich habe ich nach einer Höhle gesucht.«

»Einer Höhle?« Kady rümpfte die Nase. »Was redest du da?«

»Also vielleicht ist es auch eine Bucht. Auf jeden Fall muss sie südlich vom Strand liegen. Ich habe sie durchs Fernglas entdeckt und dachte mir, vielleicht finde ich sie ja. Deshalb bin ich da runtergelaufen.«

»Nach Süden?« Kady richtete sich auf. »Wie weit?«

»Über die Center Street. Ich weiß nicht, wie weit genau. Vielleicht fünf, sechs Straßen weiter.«

»Oh.« Cams Blick zuckte zu seiner Schwester. »So weit da runter gehst du vielleicht lieber nicht mehr …«

»Wieso?«, fragte ich.

Kady verzog das Gesicht, als würde es plötzlich

fürchterlich stinken. »Ich habe gehört, da treiben sich üble Gangs herum.«

Vor meinem geistigen Auge blitzten die zwei Jungs auf ihren Fahrrädern auf. Etwas nervig waren sie schon gewesen, aber ob sie wirklich zu einer Gang gehörten? Eher nicht. Jedenfalls nicht zu einer Gangsterbande wie im Kino.

»Im Ernst?«, fragte ich und sah hinüber zu Cam.

Ohne den Blick vom Fernseher abzuwenden, schaltete er die Sender durch. »Gangs? Ach, keine Ahnung …«

»Doch, doch.« Kady glotzte ihren Bruder finster an und schnappte ihm die Fernbedienung weg. »Da gehst du nicht mehr hin, Avery. Von dem Viertel muss man sich fernhalten.«

Als ich Cam noch mal fragend ansah, zuckte er die Schultern. »Bleib einfach nördlich von der Center Street, okay? Man kann ja nie wissen.«

»Okay«, sagte ich.

Aber das meinte ich nicht ernst. Ich musste die ganze Zeit daran denken, wie der schwarz-weiße Delfin plötzlich mit seinen Freunden aus dem Geheimversteck geschwommen war. Ich musste nur diese Bucht oder Höhle oder was weiß ich was finden, dann konnte ich sie mir ganz aus der Nähe anschauen! Und so schlimm war mir dieses Stadtviertel im Süden nun auch wieder nicht vorgekommen. Nur irgendwie anders als unseres.

Am nächsten Tag brach ich deshalb gleich nach dem Frühstück zur nächsten Forschungsexpedition auf. So früh am Montagvormittag hatten sowohl das schicke Fischrestaurant als auch der Mexikaner mit dem spanischsprachigen Schild geschlossen, aber vor dem Lokal fegte ein älterer Herr den Bürgersteig.

»*Hola*«, begrüßte er mich freundlich lächelnd.

Ich lächelte zurück, eilte weiter und kam bald an der Straße vorbei, wo ich am Abend den beiden Jungs begegnet war. Ein Stück dahinter ging es leicht bergauf. Auf der Straßenseite, wo der Ozean lag, standen keine Häuser mehr. Zwischen dem Wasser und mir waren nur noch Felsen, kleine ausgetrocknete Bäume und stacheliges Gras – aber wegen der immer höheren Klippen war das Meer trotzdem nicht zu sehen.

Und jetzt? Ich blieb stehen und studierte das raue Gelände. Führte von hier aus irgendwo ein Weg hinunter zur Bucht? Ungefähr in dieser Gegend musste sie doch sein …

Da hörte ich etwas, und als ich mich umdrehte, sah ich ein Mädchen mit kräftigen Schritten auf mich zujoggen. Es war ein sportliches, hübsches Mädchen mit einem glatten dunklen Pferdeschwanz, ein oder zwei Jahre älter als ich.

In meiner Nähe wurde sie langsamer und zupfte sich die Ohrstöpsel heraus. »Hi! Alles okay? Du siehst irgendwie aus, als hättest du dich verlaufen.«

Ich lächelte gezwungen und wollte mich schon mit einer gemurmelten Ausrede auf den Heimweg machen. Aber das Mädchen wirkte ziemlich nett und ich musste doch endlich herausfinden, woher die ganzen Delfine gekommen waren.

»Ich, äh … ich suche nach einer Bucht oder so was in der Art«, sagte ich zögerlich. »Also von weiter im Norden hat es ausgesehen, als wäre da eine Lücke zwischen den Klippen am Ufer.«

Das Mädchen nickte. »Das kommt mir bekannt vor. Meine kleine Schwester hängt da andauernd rum.«

Automatisch machte sich leichte Enttäuschung in mir breit. Irgendwie hatte ich mir eine geheime Oase vorgestellt, die niemand kannte außer den Delfinen und mir, wo ich ihnen ganz allein zusehen könnte, solange ich wollte … Und jetzt sollten dort lauter kleine Kinder herumtoben? Aber wahrscheinlich war dieser Traum sowieso unrealistisch gewesen. Kalifornien war so überfüllt und trubelig, da konnte es gar keine stillen Plätzchen mehr geben.

Das Mädchen zeigte auf eine ausgetretene sandige Stelle zwischen zwei krummen Bäumen mit ausgeblichenen Blättern. »Da drüben ist der Pfad zum Wasser. Aber pass gut auf, es geht ziemlich steil runter. Und wenn du da abstürzt, hört dich kein Mensch.«

Das klang nicht gerade einladend, aber ich sagte trotzdem Danke und machte mich auf den Weg zu den beiden Bäumen. Mit einem Winken joggte das Mädchen weiter und steckte sich wieder die Stöpsel in die Ohren.

Nach einer kurzen Pause im winzigen Schatten der Bäume tastete ich mich den Pfad hinunter. Bald ging es steil hinab zwischen zwei Felsblöcken hindurch und ich ärgerte mich darüber, Flipflops statt Turnschuhe angezogen zu haben. Das Mädchen hatte nämlich nicht zu viel versprochen – der Pfad war wirklich sehr abschüssig und außerdem schmal und steinig.

Doch als ich endlich unten ankam, war das alles sofort vergessen, denn vor mir lag eine wunderschöne, erstaunlich große Bucht. Rundherum warfen hohe dunkle Felswände ihren Schatten aufs Wasser. Die Wellen schwappten rhythmisch auf den groben Sand und ganz hinten blitzte winzig klein das offene Meer auf. Und erst die Delfine!

Als der erste aus dem Wasser schoss, durch die Luft segelte und mit einem lauten Platschen eintauchte, blieb mir glatt die Luft weg. In seiner Nähe waren mehrere andere Rückenflossen zu erkennen und plötzlich guckte direkt vor meinen Augen der schwarz-weiße Delfin aus den Wellen und schien mich anzulächeln. Ich stand mit offenem Mund da. Wie schön sie waren! Und wie nah! Okay, im Aquarium war ich noch näher an sie herangekommen, aber dafür war hier keine Glasscheibe zwischen mir und den Delfinen. Es war unglaublich!

Dass ich nicht der einzige Mensch in der Bucht war, fiel mir nach einigen Minuten auf. Erst als ich ein paar Fotos machen wollte, an mir heruntersah und überlegte, ob ich mein Handy eingesteckt hatte, bemerkte ich den Farbtupfer am äußersten Rand des Strandes.

Dort hockte ein Mädchen. Man hätte sie fast für eine Statue halten können, so regungslos saß sie da. Ich machte große Augen. Das war doch das Mädchen aus der Buchhandlung! Die mit dem Delfinbuch!

Da fiel mir noch etwas anderes ein: Kady hatte mir dringend geraten, mich von diesem Mädchen fernzuhalten. Ihr Bruder sei in einer Gang und ihre große Schwester ebenfalls das Letzte. Ich musste schlucken. Womöglich steckte ich in ernsten Schwierigkeiten!

8

Maria

Ich erkannte das Mädchen auf den ersten Blick. Seit dem Ausflug zur Shopping Mall war zwar schon eine knappe Woche vergangen, doch die Weiße sah Kady Swanson einfach zum Verwechseln ähnlich. Als sie in meine Bucht spaziert kam, blieb mir fast das Herz stehen – jetzt ist es aus mit meinem geliebten Geheimversteck, dachte ich. Von jetzt an werden hier ständig Nerv-Kady und ihre gackernden Fans auftauchen, mich verspotten und über meine Familie lästern und dadurch die Delfine verscheuchen! Es war eine unerträgliche Vorstellung. Und das musste ausgerechnet jetzt passieren, ein paar Minuten nachdem ich meine Bewerbung bei der Post abgegeben hatte wie einen ganz normalen Brief, als wäre da nur eine Geburtstagskarte drin gewesen oder eine Wasserrechnung.

Aber es war nicht Kady, sondern das Delfinmädchen, und sie machte keinen Mucks. Sie warf mir bloß ein kleines, unsicheres Lächeln zu und beobachtete weiter die Delfine. So weit, so gut. Ich sah ebenfalls aufs Wasser und prompt schleuderte Wave sich dreimal hintereinander in die Luft.

Da musste ich grinsen. Was war das nur für ein Angeber! Fast als wüsste er, dass wir jemanden zu Besuch hatten, der vielleicht noch nicht mitbekommen hatte, wer hier der tollste Delfin im ganzen Pazifik war.

Ich lächelte immer noch, als ich mich ein weiteres Mal zu dem Mädchen umdrehte und feststellte, dass sie mich heimlich beobachtete. Schnell kehrte ich ihr wieder den Rücken zu. Ich wollte sie nicht anlächeln. Sie war vielleicht nicht ganz so schlimm wie Kady Swanson, aber ich wollte sie dennoch auf keinen Fall zum Bleiben ermutigen.

Sie blieb trotzdem. Ich hätte es gehört, wenn sie abgehauen wäre. Irgendwann konnte ich nicht anders, als einen weiteren verstohlenen Blick über die Schulter zu werfen. Das Delfinmädchen hatte sich im Schneidersitz an den Strand gehockt. Ihre schicken beigen Shorts waren bestimmt schon feucht und verdreckt von dem dunklen Algenmatsch, der hier überall angespült wurde, aber das war ihr offenbar egal. Die Ellenbogen auf die Knie gestützt und das Kinn in die rechte Hand, studierte sie fasziniert die Delfinschule.

Ich schloss die Augen und klammerte mich an meinen Skizzenblock. Was sollte ich tun? Hatte dieses Mädchen denn gar keine andere Beschäftigung? Hey, es war Montagvormittag in den Ferien und die Sonne schien! Konnte sie sich da nicht irgendwo anders herumtreiben als in meinem Lieblingsversteck? Was, wenn sie nächstes Mal ihre Schwester/Cousine/Freundin Kady anschleppen würde? Andererseits ... Ob Kady sich wirklich hierher trauen würde, ganz in die Nähe meines Zuhauses? In die Nähe von Josie? Josie war ihre Erzfeindin. Vor zwei Jahren, noch vor der Highschool, hatte sie Kady den letzten Platz in der Fußball-Schulmannschaft weggeschnappt. Schon zuvor hatte Kady uns nicht besonders leiden können, aber jetzt behandelte sie uns wie den letzten Dreck unter den Sohlen ihrer teuren Markenschuhe. Dass Josie nun mal ein Jahr älter war und außerdem seit Urzeiten Fußball spielte, während sie selbst damals erst in diesem Schuljahr auf die Idee gekommen war, interessierte Kady nicht. Kady Swanson war es gewöhnt, ihren Willen zu bekommen, und alle, die ihr dabei in die Quere kamen, mussten sich auf das Schlimmste gefasst machen.

»Wow!«, rief das Delfinmädchen in diesem Moment und schlagartig tauchte ich aus meinen deprimierenden Erinnerungen auf. Wave hatte gerade einen besonders eindrucksvollen Sprung hingelegt. Ich drehte mich zu ihr und sah sie bis über beide Ohren strahlen.

Und als sie meinen Blick bemerkte, wandte ich mich nicht ab, sondern lächelte ein bisschen. Eigentlich störte sie mich gar nicht. Sie war nicht wie Kady. Kady hätte nie im Leben gestrahlt und gejubelt, nur weil ein Delfin durch die Luft gesprungen war.

Aber für mich war das völlig normal und für dieses Mädchen anscheinend auch. Vielleicht war es halb so schlimm, dass sie plötzlich in meiner Bucht aufgetaucht war. Sie musste ja nicht gleich jeden Tag vorbeikommen.

9

Avery

Natürlich ging ich am nächsten Tag gleich noch mal zur Bucht. Ich konnte nicht widerstehen. Ich hatte wieder meinen Traum gehabt, nur dass diesmal der schwarz-weiße Delfin dabei gewesen war. Gemeinsam waren wir mit den anderen Delfinen geschwommen, als hätte ich genauso dazugehört wie er.

Als ich in die Bucht kam, war das andere Mädchen schon da. Diesmal stand sie unten am Wasser und neben ihr lag ein ramponierter Armeerucksack aus dunkelgrünem Stoff. Das Mädchen bemerkte meine Schritte, blickte sich schnell um und stopfte irgendetwas in den Rucksack.

Sie sagte keinen Ton, aber das wunderte mich nicht. Am vorigen Tag hatte sie auch nicht gesprochen, die ganze Zeit nicht. Das heißt, ein Wort hatte ich ihr am Schluss doch noch entlocken können. Irgendwann hatte mir gedämmert, dass Mom bald einen Suchtrupp losschicken würde, wenn ich nicht schleunigst nach Hause lief, und so hatte ich mich mit einem »Tschüs« verabschiedet. Das Mädchen hatte auch Tschüs gesagt, aber mehr nicht. Jetzt schwieg sie wieder eisern, und als ich vorsichtig die letzten Meter des Geröllpfades hinabstieg, wirkte sie nicht sonderlich erfreut.

Ich fand so eine Totenstille unerträglich. Wenn sonst niemand da war, hatte mein Dad immer gescherzt, würde ich mich notfalls sogar mit der Wand unterhalten.

»Hi«, sagte ich deshalb, ging auf das Mädchen zu und stolperte dabei fast über ein paar lose Steine im Sand. »Ich bin Avery.«

Zuerst dachte ich, sie würde sich einfach taub stellen, aber dann nickte sie doch noch zurückhaltend. »Maria«, antwortete sie so leise, dass ich mich zu ihr beugen musste. »Sind gerade keine Delfine da.«

Ich warf einen Blick aufs Wasser. Sie hatte recht. In der Bucht rührte sich nichts, nur die leise rauschenden Wellen rollten gleichmäßig heran.

»Oh.« Ich war enttäuscht. »Kommen … Kommen hier oft welche vorbei?«

Maria schaute aufs Wasser und drehte sich erst nach einer Weile wieder zu mir. »Ja, schon«, antwortete sie noch leiser als zuvor. »Aber das weiß keiner außer mir.«

Und jetzt auch mir, dachte ich, sagte es jedoch nicht.

Ich stellte mich neben sie und suchte ebenfalls das Wasser ab. »Ich stehe total auf Delfine. Das wollte ich dir eigentlich sagen, als wir uns … du weißt schon, neulich im Buchladen?«

Da zuckte Maria zusammen. Hatte sie unsere erste Begegnung etwa vergessen?

»Ich dachte, du erinnerst dich vielleicht gar nicht mehr daran«, sagte sie. »Wo Kady dich doch so schnell davongeschleppt hat.«

»Du kennst meine Cousine?«, fragte ich verblüfft.

»Kady ist also deine Cousine? So was in der Art hatte ich mir schon gedacht.« Als sie das sagte, wirkte Maria fast ein bisschen verärgert. Aber das war kein Wunder – Kady hatte sich damals wie eine ziemliche Idiotin benommen.

»Ja, das mit Kady tut mir leid«, meinte ich. »Früher war sie echt witzig, aber jetzt ist sie zu einem nervigen Teenager geworden. Sagt jedenfalls meine Mom.« Ich lachte und die hohen Steinwände warfen das Echo zurück.

Maria ließ sich bloß zu einem winzigen Lächeln hinreißen. »Verstehe.«

»Woher kennst du Kady denn?«, fragte ich. »Geht ihr in eine Klasse?«

Sie schüttelte den Kopf. »Sie ist ein Jahr über mir.«

»Echt? Hey, dann müssten wir in derselben Stufe sein.«

»Auf welche Schule gehst du?« Es klang nicht, als würde Maria sich ernsthaft dafür interessieren. Sie blickte weiter aufs Wasser.

»Auf gar keine«, antwortete ich automatisch.

Da starrte sie mich an. »Du gehst nicht zur Schule?«

Ich kicherte nervös. »Doch, schon. Also … früher schon. Aber jetzt …« Ich schluckte und versuchte, nicht an Moms große Hauskaufpläne zu denken. Oder daran, was das alles für mich zu bedeuten hätte – zum Beispiel, dass ich meine alten Freundinnen nie wiedersehen würde. »Na ja, wir sind gerade erst hierhergezogen, also meine Mom und ich.« Ich schüttelte die Flipflops ab, machte einen Schritt nach vorne und ließ die kühle Brandung um meine Zehen fließen. »Wir, äh … wir wohnen vorübergehend bei meiner Tante.«

Von der Scheidung wollte ich ihr lieber nicht erzählen und zum Glück fragte Maria nicht weiter nach.

Dabei hatte sich meine Antwort auf ihre Frage sicher einigermaßen merkwürdig angehört.

»Das heißt, du wohnst jetzt bei Kady?«

»Ja. Das ist echt komisch. Wir hatten uns seit ungefähr vier Jahren nicht mehr gesehen, da waren sie und die anderen zum letzten Mal bei uns zu Besuch. Und jetzt ist sie irgendwie ein ganz anderer Mensch.« Mit dem großen Zeh zeichnete ich Muster in den feuchten Sand.

Es wurde still. »Ich weiß«, sagte Maria dann. »Ich weiß noch, früher war Kady netter. Oder zumindest nicht so gemein.«

Fanden alle an Marias Schule meine Cousine gemein? Dann müsste ich ja froh sein, dass Kady eine Klasse über mir war. Und dass sie offenbar keine Lust hatte, viel Zeit mit mir zu verbringen.

»Also mir tut's auf jeden Fall leid, wie Kady in der Mall zu dir war«, sagte ich. »Ich bin ganz anders als sie. Ehrenwort.«

Maria antwortete nicht. Stattdessen schaute sie wieder hinaus aufs Wasser und ihre dunklen Augen leuchteten plötzlich vor Begeisterung.

Ich blickte ebenfalls zum Meer – und schnappte nach Luft. »Die Delfine!«

Mit einem winzigen Lächeln nickte Maria mir zu,

bevor wir gemeinsam die Delfine beobachteten. Mindestens vier oder fünf flitzten durch die Bucht und führten ab und zu ihre Luftsprünge auf. Als ein bestimmter Delfin aus dem Wasser schoss, musste ich lächeln.

»Hey, der eine ist wieder mit dabei! Siehst du den schwarz-weißen da? Der ist total gefleckt!«

»Ich weiß. Er sieht aus wie ein Gemälde von Seurat.« Maria schien ein kleines bisschen aufzutauen.

»*Ssö-ra?*«, sprach ich den seltsamen Namen nach. »Wer ist das?«

»Georges Seurat war ein Maler. Er hat den Pointilismus erfunden. Sagt dir das was?«

Ich schüttelte den Kopf.

»Das ist eine bestimmte Stilrichtung der Malerei. Pointilistische Gemälde bestehen aus lauter winzigen Farbpunkten, die aus der Nähe aussehen wie ein buntes Durcheinander. Aber von Weitem verschmelzen sie zu einer Landschaft oder so.«

Das kam mir bekannt vor. »Ich glaube, so ein Bild habe ich mal gesehen. Wir waren mit der Schule in einem Kunstmuseum in Chicago, da ...«

»In Chicago? Echt?« Maria war richtig aus dem Häuschen. »Waren da Leute an einem Seeufer drauf? Feine Damen mit Sonnenschirmen und so?«

»Glaube schon.« So genau konnte ich mich ehrlich gesagt nicht daran erinnern. Ich wusste nur noch, wie unendlich lange unsere Lehrerin von den vielen Farbpunkten erzählt hatte, woraus sich dieses einzigartige Meisterwerk zusammensetze, und so weiter bla bla blub. Ich hatte mich viel mehr für die Süßigkeiten interessiert, die eine meiner Freundinnen hinter Ms Jarvis' Rücken verteilt hatte.

»Du hast es mit eigenen Augen gesehen! Unglaublich!« Schwer beeindruckt musterte Maria mich. »Das ist so ungefähr das bedeutendste Werk des Pointilismus. Und eines der berühmtesten Gemälde überhaupt!«

»Ja, klar«, sagte ich verunsichert. »Ich weiß nur nicht mehr genau, wie es hieß.«

»Ein Sonntag auf La Grande Jatte«, antwortete Maria wie aus der Pistole geschossen. »Von Georges-Pierre Seurat.«

Als ich einen Blick aufs Wasser warf, sprang prompt wieder der gefleckte Delfin vorüber. »Stimmt. Unser Freund da drüben sieht wirklich aus wie dieses Gemälde.«

Zum ersten Mal lächelte Maria von ganzem Herzen, statt mich verkniffen und misstrauisch anzuschauen. Erst da fiel mir auf, wie hübsch sie eigentlich war. »Ja.

Und weil er sich im Meer bewegt, als wäre er selbst eine Welle, nenne ich ihn Wave.«

»Das passt wirklich gut zu ihm.« Ich erwiderte ihr Lächeln. »Du interessierst dich also voll für Kunst und so? Nur weil die meisten Leute in unserem Alter ja eher wenig von Pointidingsbums und solchen Sachen verstehen. Ich zum Beispiel habe null Ahnung davon.«

Maria zuckte die Achseln und wich meinem Blick aus. »Ja, schon. Und du interessierst dich für Delfine?«

»Delfine sind meine Lieblingstiere.« Staunend machte ich einen weiteren Schritt ins Wasser – da schwammen echte Delfine, fast zum Greifen nah! »Ich liebe Delfine, seit ich denken kann. Vielleicht werde ich sogar mal Meeresbiologin. Dann könnte ich sie ganz genau studieren.«

»Wirklich? Na, dann weißt du wahrscheinlich schon, dass Wave kein Großer Tümmler ist, im Gegensatz zu den ganzen anderen.«

»Stimmt, darüber habe ich noch gar nicht richtig nachgedacht.« Einige Meter weiter tauchte der schwarz-weiße Delfin auf und blickte uns an, als wollte er uns anlächeln. »Was für einer ist er dann?«

»Ich würde darauf tippen, dass er ein Schlankdelfin

ist, und die gehören zu den Fleckendelfinen. Wave sieht genauso aus wie die auf den Fotos im Internet. Das Komische ist nur, dass Schlankdelfine in dieser Gegend eigentlich gar nicht vorkommen. Aber anscheinend machen sie sich manchmal auch auf die Reise.«

Ich beobachtete, wie einer der grauen Delfine einen Salto schlug. »Aber die anderen sind Tümmler, was?«

»Genau. Ab und zu nimmt eine Delfinschule auch einen Delfin von einer anderen Art auf, das habe ich mal gelesen. So ist das wahrscheinlich bei Wave.«

»Cool.« Ich lächelte Maria an. »Du kennst dich echt gut aus mit Delfinen. Vielleicht solltest du auch Meeresbiologin werden!«

»Eher nicht«, sagte sie schnell. »Eigentlich stehe ich nicht so auf Mathe und Naturwissenschaften und so.«

»Und worauf stehst du dann? Auf Kunst?« Als ich sie das erste Mal danach gefragt hatte, war sie mir ausgewichen.

»Ja, schon …« Maria blickte schüchtern auf den sandigen Boden. »Auf Kunst und Bücher und so.«

»Cool«, sagte ich und meinte es auch so. Maria war wirklich viel interessanter als gedacht – aber bisher hatte sie mich ja auch nur angeschwiegen. »Hey, irgendwie hatte ich mir dich ganz anders vorgestellt«, platzte ich heraus.

»Was?« Jetzt blickte sie mich direkt an. »Was soll das heißen? Wie hattest du dir mich denn vorgestellt?«

Peinlich berührt winkte ich ab und ärgerte mich darüber, mal wieder laut nachgedacht zu haben. Das war so typisch für mich. »Ach, keine Ahnung.« Ich lachte gezwungen. »Also na ja, Kady und Cam haben da so dummes Zeug erzählt …«

»Ach ja?« Marias Schultern versteiften sich und das Misstrauen kehrte in ihre Augen zurück. »Was haben sie über mich gesagt?«

»Nur dass ihr in einem … in einem nicht so tollen Stadtviertel wohnt. Und Kady meinte, bei euch in der Gegend treiben sich Gangs herum und so.«

»Und das hast du ihr geglaubt«, sagte Maria mit kalter Stimme, wandte sich ab und beobachtete die Delfine. »Ich hätte es wissen müssen. Du bist doch wie die anderen in deiner Familie.«

»Was?« Ich war verwirrt. »Du meinst, ich bin wie Kady? Das ist nicht wahr.«

Den Blick starr geradeaus gerichtet, zuckte Maria betont gleichgültig die Achseln. »Also ich habe schon den Eindruck. Außerdem muss ich jetzt los.«

»Warte mal!« Ich wusste nicht, ob ich genervt sein sollte, wütend oder verlegen. Aber im Grunde war es egal. Maria hatte sich schon ihren Rucksack aufgesetzt und stapfte den Pfad hinauf, ohne sich noch einmal umzudrehen.

10

Maria

Als ich am Donnerstagmorgen aufwachte, dachte ich sofort an meine Bewerbung für das Kunstseminar. Bis zu diesem Moment hatte ich diesen Gedanken noch einigermaßen beiseiteschieben können. Du musst Geduld haben, hatte ich mir gesagt, lass den Brief doch erst mal ankommen. Ich hatte mir ausgemalt, wie er durch das Postsystem der USA schwamm wie ein Lachs auf der langen Wanderung in sein Laichgebiet. Doch über Nacht hatte mein Unterbewusstsein entschieden, dass ich lange genug ruhig geblieben war. Jetzt war Panik angesagt.

Beim Zähneputzen starrte ich mich im Spiegel an. Weil die Glasscheibe noch ziemlich beschlagen war von Nicos Dusche, sah ich aus wie ein Geist oder wie eine Figur auf einem impressionistischen Gemälde: riesige, verschwommene, unruhige Augen, eine neblig zerlaufene Runzelstirn. Bald würde sich die Jury, ein Haufen wildfremder Menschen, zusammensetzen und die Zeichnung begutachten, an der ich so lange in der Bucht gefeilt hatte! Würden sie sie sofort als viel zu simpel und kindisch abstempeln? Oder würde sie ihnen gefallen? Und wann würden sie mir Bescheid sagen?

Als es gegen die Badezimmertür hämmerte, zuckte ich zusammen. »Maria!«, rief Josie. »Bist du da drin?«

»Ja! Bin fast fertig!« Ich spuckte den letzten Rest Pfefferminzzahnpasta aus und öffnete die Tür. Zur Tarnung hatte ich mir eines von Papas alten ausgeleierten T-Shirts über den Badeanzug gezogen, ich wollte nämlich gleich zur Bucht aufbrechen. Am vorigen Tag war ich nicht dort gewesen, vor allem um dieser Avery aus dem Weg zu gehen, aber jetzt konnte mich nur noch ein Besuch bei den Delfinen von meinen Grübeleien über die Bewerbung ablenken. Wenn ich den Delfinen zusah, ging es mir immer gleich besser.

Josie wartete ungeduldig auf dem Flur. »Stell dir vor, ich habe einen Job für dich gefunden!«

»Was?« Das Gespräch beim Sonntagsessen hatte ich schon wieder so gut wie vergessen gehabt. Meine

Familie hatte es ja auch mit keinem Wort mehr erwähnt … Allerdings hatte ich sie in den letzten Tagen kaum gesehen. Meine Eltern hatten viel gearbeitet, Nico war wie üblich fast ununterbrochen mit Sofia unterwegs gewesen und die allseits beliebte Josie war sowieso immer auf Achse und hatte so viel zu tun mit ihren unzähligen Freunden, dass sie nun wirklich nicht mit ihrer kleinen Langweilerschwester herumhängen konnte.

»Ja, als Babysitterin.« Als Josie zufrieden lächelte, starrten mich ihre Wangengrübchen an wie ein zusätzliches Paar dunkler Augen. »Mrs Vargas hat mir eben erzählt, dass die Oma ihrer Jungs praktisch den halben Sommer auf Kreuzfahrt ist. Deshalb sucht sie für diese Zeit jemanden, der drei Mal die Woche auf die beiden aufpasst.«

»Auf die Vargas-Zwillinge?« Allein der Gedanke ließ es mir kalt den Rücken hinunterlaufen. Natürlich wusste ich, von wem die Rede war, jeder hier kannte die beiden. Sie wohnten ein paar Straßen weiter und waren inzwischen wohl ungefähr drei Jahre alt. Die Spur der Verwüstung aus Geschrei und Zerstörungswut, die diese beiden Wirbelwinde durch unser Viertel zogen, war nicht zu übersehen.

Meine Schwester nickte. »Ich weiß, das sind ziemliche Monsterchen. Aber Mrs Vargas zahlt auch sehr gut. Wenn ich die Zeit hätte, würde ich den Job selber übernehmen.«

Aber sicher doch! Kein Mensch, der bei klarem Verstand war und die Wahl hatte, hätte diesen lebensgefährlichen Job angenommen. Niemand ließ sich aus freien Stücken in den Wahnsinn treiben.

»Und, was sagst du?« Josie wurde wieder ungeduldig. Kein Wunder, ich hatte sie ja schon länger angeschwiegen. Die Vorstellung, mich freiwillig den Vargas-Zwillingen auszuliefern, hatte mir schlicht die Sprache verschlagen. »Klingt doch perfekt, oder?«, fragte Josie.

»Weiß nicht …«, stammelte ich. »Ich bin mir jetzt doch nicht mehr so sicher, ob ich diesen Sommer so viel arbeiten will …«

»Aber es sind doch nur drei Tage die Woche.« Nun sprach Josie langsamer, als wäre ich schwerhörig oder schwer von Begriff. »Was willst du denn sonst mit deiner ganzen Zeit anfangen? Du kannst doch nicht immer nur in dieser komischen Bucht rumgammeln.«

Als hätte sie das verstehen können. Josie konnte eben nie still sitzen und musste immer irgendetwas unternehmen. Sie konnte nicht begreifen, wie man zum Spaß stundenlang Delfine beobachten konnte.

In der Bucht hätte sie sich nach spätestens dreißig Sekunden gelangweilt und wäre lieber joggen gegangen oder hätte Leute für eine Partie Beach-Volleyball zusammengetrommelt. Wie konnten zwei Schwestern nur so unterschiedlich sein?

Um ein Haar hätte ich Josie von dem Kunstseminar erzählt. Dann hätte sie vielleicht lockergelassen, ja, vielleicht wäre sie sogar ein bisschen beeindruckt gewesen. Josie wollte doch selbst überall die Beste sein. Hätte ich ihr verraten, dass ich gerade auf die Rückmeldung einer enorm wählerischen Jury wartete, hätte sie vielleicht verstanden, wieso ich im Moment keine Nerven für die Vargas-Zwillinge hatte. Vielleicht hätte sie sogar gegenüber Mom und Papa dichtgehalten. Oder auch nicht …

»Echt jetzt, Maria«, sagte Josie, während ich noch hin und her überlegte. »Ich habe mir wirklich Mühe gegeben, dir einen Job zu besorgen. Also geh doch wenigstens bei Mrs Vargas vorbei, wenn sie heute Nachmittag wieder zu Hause ist, okay? Ich habe ihr gesagt, du bist um halb fünf da.«

Damit stapfte Josie davon, bevor ich mich noch irgendwie wehren konnte. Ich stand bloß da und konnte es nicht fassen.

Zwanzig Minuten später stieg ich mit meinem Surfbrett unter dem Arm zur Bucht hinunter. Schon vor der letzten Biegung des Pfades spürte ich, dass irgendetwas anders war als sonst, und ahnte, was mich unten am Strand erwartete.

Richtig geraten – drüben auf einem Felsblock hockte Avery und blickte hinaus aufs Wasser. Als sie mich kommen hörte, wirbelte sie herum.

»Maria!«, rief sie und stürmte mir entgegen. Ich kletterte über den letzten größeren Felsen und warf mein Board in den Sand. »Bin ich froh, dich zu sehen!«, schnaufte Avery. »Das neulich tut mir so, so leid!«

Ich blinzelte verwirrt. Ich hatte gerade so viel anderes im Kopf als dieses Mädchen. »Was?«

»Wirklich, das war total bescheuert von mir.« Avery knetete sich die Hände und sah mich mit großen blauen Augen an. Ihre Augen hatten genau denselben Farbton wie die Spiegelung des sonnigen Himmels im flachen Wasser. »Ich hätte nicht auf meine hirnrissige Cousine hören dürfen und auf den Schwachsinn, den sie über dich, dein Viertel und deinen Bruder erzählt hat.« Sie lächelte zögerlich. »Kannst du bitte sagen, dass es wieder gut ist? Wollen wir nicht einfach wieder Freundinnen sein?«

»Freundinnen?«, wiederholte ich. »Wäre mir neu, dass wir jemals welche waren.«

Avery lachte verlegen. »Du bist so witzig! Also, ist alles wieder gut?«

Ich zuckte nur mit den Schultern.

Aber das deutete Avery offenbar als Ja. Sie lachte noch mal und machte einen Wink in Richtung Meer. »Heute habe ich noch keine Delfine gesehen, aber gestern waren sie da.«

Also war sie auch am vorigen Tag hier gewesen? Hätte ich mir ja denken können. Mir wurde ein bisschen übel. Ob es mir gefiel oder nicht, wahrscheinlich würde ich dieses Mädchen nie mehr loswerden. Kapierte sie denn nicht, dass wir überhaupt nichts gemeinsam hatten? Okay, abgesehen von den Delfinen, aber das genügte doch bei Weitem nicht.

Ich musste diesen Gedanken – und vor allem diesem Mädchen – entkommen. Also schüttelte ich die Schuhe ab und zog mir Papas T-Shirt aus.

»Ich muss ins Wasser«, sagte ich und watete ins Meer. Mit kleinen Hüpfern wich ich den Wellen aus, die mir Salzwasser in die Augen und in die Nase spritzen wollten, und dabei entdeckte ich etwas. Dahinten am Eingang der Bucht, war das nicht eine Rückenflosse? Hey, die Delfine waren da! Als hätten sie extra gewartet, bis ich hier auftauchte! Ich freute mich diebisch.

»Maria!«, rief Avery mir hinterher. »Warte mal! Bist du immer noch bö...«

An der Stelle, wo es plötzlich tief wurde, hechtete ich nach vorne und Averys übrige Worte wurden vom Gluckern der Wellen verschluckt. So lange wie möglich blieb ich unter Wasser und tauchte erst weit draußen wieder auf. Dort schwamm ich im Kreis und warf einen Blick zurück. Avery war mir ins Wasser gefolgt, aber erst ein paar Meter weit. Als ich mir die Feuchtigkeit aus den Augen blinzelte, sah ich, dass sie sich an mein altes Surfbrett klammerte.

»Hey«, murmelte ich so leise, dass Avery es nicht hören konnte. »Wer hat dir erlaubt, das auszuborgen?«

Beim nächsten Schritt schrie Avery überrascht auf und kippte vornüber ins Wasser. Tja, da wurde es plötzlich tief! Das Surfbrett rutschte ihr aus den Armen, aber ich verdrehte nur die Augen und wandte mich ab. Ob ich die Bucht jemals wieder für mich allein haben würde?

11

Avery

Als ich plötzlich ins Leere trat, packte mich die Verzweiflung. Wo war der Boden geblieben? Ich wollte schnell einen Schritt zurück machen, doch es war zu spät. Mit den Armen rudernd kippte ich um. Mein Kinn rutschte unter Wasser, Salzwasser strömte mir in Nase und Mund.

»Uurrghhll«, blubberte ich, spuckte aus und strampelte hektisch mit den Beinen. Marias Surfbrett war mir aus den Händen geglitscht und tanzte nun ein paar Meter entfernt auf den Wellen. Es hätte genauso gut ein paar Kilometer weit weg sein können, denn ich kam nicht mehr dran! Wieso in aller Welt hatte ich Maria ins Wasser nachlaufen müssen? Ich hatte wissen wollen, ob sie noch wütend war, aber ich hätte doch genauso gut an Land warten können. Und eigentlich hatte ich mich aufs Surfbrett werfen wollen, bevor es zu tief wurde, doch dann war es sehr schnell sehr tief geworden und … okay, kein Grund zur Panik! Im Schwimmbad in meiner alten Heimat wurde es am einen Ende des Beckens doch auch tief und dort war ich ständig schwimmen gewesen.

In diesem Augenblick rollte eine Welle auf mich zu, hob mich in die Höhe und drehte mir den Magen um wie auf einer Achterbahn. Da konnte ich mir nichts mehr vormachen – der Pazifik war kein Schwimmbecken, das wusste ich doch genau! Ich wünschte mich zurück an den sicheren, trockenen Strand. Was, wenn ich es in diesem rauen Wasser gar nicht mehr an Land schaffen würde? Wenn mich eine Welle fortriss? Diesmal würde mich kein Onkel Phil und kein Iro-Typ retten …

»Hilfe!« Ich wollte schreien, aber heraus kam nur ein leises Wimmern. Das hatte Maria bestimmt nicht gehört. Sie schwamm weit draußen, mit dem Rücken zu mir, und bekam überhaupt nichts mit. Wieso drehte sie sich denn nicht um?

Mein Kopf dröhnte, meine ausgekühlten Arme und Beine fühlten sich schon total schwer an. Als mein Kinn wieder unter die Oberfläche rutschte, strömte mir Salzwasser in die Kehle und brachte mich zum Husten. Ich kämpfte mich nach oben und japste wie ein Fisch, doch vor lauter Panik verkrampfte sich mein Brustkorb so sehr, dass ich nur ein bisschen Schaum einatmete. Die nächste Welle schwappte gegen mich, und sosehr ich auch mit den Armen und Beinen ruderte, sie drückte mich erneut in die Tiefe …

Da stupste mich etwas von unten an. Ich blickte mich um, schnappte überrascht nach Luft und schluckte schon wieder Wasser. Es war Wave!

Aus der Nähe wirkte der Delfin viel größer. Ich wunderte mich beinahe, dass ich mich gar nicht vor ihm fürchtete. Hey, ich saß mit einem wilden Tier im rauen Pazifik fest! Aber irgendetwas sagte mir: Alles ist gut, Wave will dir helfen. Als ich ihn so nah bei mir spürte, kam es mir vor, als wäre ich plötzlich in meinen Delfintraum eingetaucht, und das beruhigte mich. Wave schwamm dicht bei mir und stupste mich nach und nach in Richtung Ufer. Vorsichtig strich ich ihm über die Seite. Anscheinend machte es ihm nichts aus. Mir blieb schon wieder die Luft weg, doch diesmal vor Staunen. Waves Haut war so warm und fest und feucht und glatt … aber nicht nur glatt. Ich stutzte. Was hatte er da für eine komische Beule am Bauch?

»Avery!«, rief Maria irgendwo hinter mir und da glitt Wave unter Wasser davon. Man hätte fast glauben können, ich hätte ihn mir nur eingebildet. »Alles okay mit dir!?«

Auf einmal tauchte sie direkt hinter mir auf, mit ihrem Surfbrett im Schlepptau. Als ich mich daran festklammerte, schob sie mich halb hinauf und schleppte mich dann zum Ufer. Unter uns rollten die Wellen, aber Maria hielt das Board gerade, und so rutschte ich nicht herunter.

Geschafft! Endlich spürte ich wieder den grobkörnigen Sand unter den nackten Füßen. Am Strand ließ Maria das Surfbrett liegen und führte mich zu einem Felsen hinten bei den Klippen, wo ich mich hinsetzen konnte.

»Was war das denn eben?« Maria sank auf den benachbarten Felsen. »*Híjole!* Das sah aus, als wärst du fast ertrunken!« Dann musterte sie mich von der Seite. »War das da Wave? Hat er dir geholfen?«

»Glaube … glaube schon.« Ich atmete tief durch und staunte über meine Begegnung mit dem gefleckten Delfin. »Ich glaube, er hat gespürt, dass ich Panik kriege, und deshalb wollte er mich retten.«

»Hmm.« Für einige Sekunden verstummte Maria. »So was habe ich mal gelesen – dass Delfine Menschen helfen, die im Meer untergehen.« Sie runzelte die Stirn. »Aber wieso bist du überhaupt untergegangen? Das Wasser ist doch superruhig heute.«

»Na ja, ich …« Ich kaute verlegen auf der Unterlippe. »Ich war einfach überrascht, dass es an der Stelle so steil runtergeht.«

»Na und? Dann geht es da eben steil runter. Du kannst doch schwimmen, oder?«

»Ja, klar«, sagte ich schnell. Dann beobachtete ich Maria heimlich. Wie würde sie auf die Wahrheit reagieren? Würde sie sich über mich lustig machen? »Es ist nur so …«

»Was ist wie?« Marias Frage klang weder genervt noch spöttisch. Sie wunderte sich einfach nur.

»Das Meer macht mir ein bisschen Angst«, sagte ich hastig. Auf einmal musste ich alles sofort loswerden. Maria zog die Augenbrauen zusammen, als hätte sie sich verhört. »Das Ganze hat bei unserem letzten Besuch hier angefangen, vor fünf Jahren …«

Ich erzählte ihr die ganze Geschichte. Auch dass ich mich den restlichen Urlaub lang nicht mal mehr in die Nähe des Meeres getraut hatte und dass meine Eltern mich zu Hause zu einem Schwimmstundenmarathon verdonnert hatten. Aber das hatte offensichtlich nicht gegen meine Angst geholfen. Dabei war ich jetzt doch schon viel älter …

»Uff«, sagte Maria. Ich hatte ihr gerade von meinem peinlichen Surfversuch am letzten Wochenende berichtet. »Ein Glück, dass der Typ dich aus dem Wasser gezogen hat!«

»Stimmt. Und ein Glück, dass du mich heute aus dem Wasser gezogen hast.« Ich warf ihr ein nur-ein-kleines-bisschen-wackeliges Lächeln zu. »Danke.«

»Gern geschehen.« Als Maria zurücklächelte, wirkten ihre dunklen Augen schon ein bisschen freundlicher. »Aber Wave hatte doch sowieso alles im Griff, was?«

»Da hast du auch wieder recht.« Mit einem wohligen Schaudern dachte ich daran, wie ich den Delfin gestreichelt hatte. »Eigentlich wollte ich sogar hauptsächlich deswegen wieder anfangen, im Meer zu schwimmen.«

»Was meinst du?«

Ich zögerte und musterte Maria noch einmal verstohlen. Von meinem Delfintraum hatte ich nie jemandem erzählt. Er war etwas ganz Besonderes, er gehörte nur mir. Aber irgendwie hatte ich das Gefühl, Maria könnte mich vielleicht verstehen.

»Wegen den Delfinen«, sagte ich. »Weißt du, ich habe schon mein ganzes Leben lang immer wieder denselben genialen Traum – ich schwimme draußen im Meer mit lauter Delfinen und das macht so unglaublich viel Spaß. Und wenn ich danach aufwache, fühle ich mich jedes Mal einfach nur super. So als könnte ich alles schaffen. Verstehst du?«

Ein paar Sekunden lang wurde es still. Maria blickte aufs Wasser, wo ein paar Delfine auf und ab schwammen. Aber Wave war im Augenblick nicht zu sehen.

»Das klingt wirklich toll«, sagte sie.

»Ist es auch.« Ich nickte eifrig. »Genau, und deswegen wollte ich mir von Cam Surfen beibringen lassen. Aber keine Ahnung, vielleicht bin ich einfach nicht die richtige Schülerin für ihn. Ich bin so ängstlich. Irgendwie hatte ich das Gefühl, ich stehe ihm bloß im Weg rum, auch wenn er das nicht so zeigen wollte.« Ich verzog das Gesicht. »Ganz im Gegensatz zu einer gewissen Cousine von mir. Die lässt es immer extra raushängen, wie genervt sie von mir ist.«

»Kady«, sagte Maria. Sie musste gar nicht erst fragen, welche Cousine ich meinte.

»Genau.« Ich kratzte an einer rauen Stelle am Felsen. »Tut mir echt leid, dass ich auf Kadys blödes Gerede über dich und deine Familie gehört habe. Das war dumm von mir.«

»In unserem Viertel gibt's wirklich keine Gangs.« Maria rollte mit den Augen. »Okay, manchmal machen Manny Aguilar und seine Kumpels auf Gangster, aber in Wirklichkeit ist Manny nur ein kleiner Trottel.«

Ich musste lachen. »Solche Typen kenne ich von zu Hause. Die sind echt nur lächerlich.«

In diesem Moment segelte ein Delfin besonders hoch durch die Luft und platschte wieder klatschend ins Wasser. »Wow!« Maria lächelte. »Und jetzt kommt bestimmt gleich Wave an und springt noch höher, nur um uns zu zeigen, was er alles draufhat. Er ist so ein Angeber.«

Ich kicherte und freute mich, dass Maria und ich uns endlich wieder nett unterhalten konnten. Aber eben hatte sie mich auch an etwas erinnert.

»Hey«, sagte ich. »Vorhin, als Wave mich retten wollte, da ist mir etwas Seltsames aufgefallen.«

»Was meinst du?« Immer noch lächelnd sah Maria den Delfinen beim Spielen zu.

»Da war so eine Beule an seiner Seite … oder an seinem Bauch«, sagte ich und zeigte es Maria an meinem Bauch.

Sie drehte sich zu mir. »Eine Beule?«

»Ja. Es hat sich angefühlt wie …« Wie sollte ich ihr das erklären? »Eine von meinen alten Freundinnen hatte einen großen schwarzen Labrador, der schon sehr alt war. Der hat auf einmal solche runden Beulen an der Brust bekommen – und als sie ihn zum Tierarzt gebracht haben, war es Krebs.«

In Marias Augen flackerte Panik auf. »Krebs? Das kann ich mir nicht vorstellen. Das bei Wave muss etwas anderes sein.«

»Stimmt auch wieder«, sagte ich. »Bei Wave war die Beule auch größer als bei dem Hund.«

»Genau. Und außerdem hattest du Panik, also keine Ahnung, was du dir da …« Maria stand auf und wischte sich den Sand von den Händen. »Übrigens hatte ich gerade eine Idee.«

Offensichtlich wollte sie das Thema wechseln und dagegen hatte ich gar nichts einzuwenden. Ich hatte ja überhaupt keine Erfahrung mit Delfinen, deswegen hatte Maria höchstwahrscheinlich recht. Diese komische Beule oder Schwellung hatte bestimmt nichts Schlimmes zu bedeuten. Wave war doch quicklebendig!

»Was für eine Idee?«, fragte ich.

»Du hast gesagt, du fühlst dich ein bisschen unwohl, wenn dein Cousin dir Surfen beibringen soll und seine ganzen Freunde mit dabei sind … Aber vielleicht geht es besser, wenn *ich* es dir beibringe?« Maria nickte in Richtung Wasser. »Hier sind wir doch unter uns.«

»Ist das dein Ernst?« Ich war ziemlich verblüfft von ihrem Angebot. Ehrlich gesagt hatte ich zuerst eher das Gefühl gehabt, Maria wollte mich loswerden. Doch jetzt freundeten wir uns vielleicht richtig an! »Ja, klar, das wäre toll!«, rief ich – und zögerte. »Aber an dem Strand hier gibt's keine Rettungsschwimmer, oder?«

Sofort ärgerte ich mich über die alberne Frage. Das klang ja, als hätte sich hinter dem großen Felsblock dahinten vielleicht doch noch ein Rettungsschwimmer versteckt. Oder oben auf der Steilwand, von wo er mit seinem Fernglas hinunterlinste …

Doch Maria schüttelte nur den Kopf. »Keine Rettungsschwimmer außer mir. Also, wenn es deiner Mom vielleicht nicht recht ist …«

»Nein, nein«, erwiderte ich hastig. Mom hatte mich mit diesem Umzug schließlich auch total überrumpelt. Sie hatte mir sogar verschwiegen, dass wir auf Dauer hier wohnen sollten – da konnte ich ihr ruhig ein paar Surfstunden verschweigen. Cam würde es bestimmt nicht mal mitbekommen, wenn ich nicht mehr an seinem Strand auftauchte, und Mom hatte mit der Haussuche alle Hände voll zu tun. Sie würde schon nicht allzu hartnäckig nachfragen.

Maria beobachtete mich genau. »Du schaffst das schon. Hier ist das Wasser immer ganz ruhig.« Sie lächelte. »Außerdem passt Wave mit auf dich auf.«

»Stimmt!« Kaum dachte ich daran, wie ich den Delfin berührt hatte, waren meine Sorgen wie weggeblasen. »Dann ist es abgemacht! Also … also wenn du mit so einer ängstlichen und tollpatschigen Schülerin klarkommst.«

»Ach, das macht mir nichts aus.« Maria hob ihr Surfbrett auf. »Solange du einigermaßen schwimmen kannst.«

»Natürlich! Mir machen eben nur die Wellen Panik.« Ich folgte ihr zum Wasser. »Aber im Schwimmbad ist das alles kein Problem für mich.«

Beim ersten Schritt ins kalte Meer wollte die Angst wieder in mir hochbrodeln. Doch ich ignorierte sie, so gut es ging, und ließ mir noch mal die Grundlagen des Surfens erklären. Maria war eine erstaunlich gute Lehrerin und im Vergleich zum großen Strand waren die Wellen hier wirklich sehr sanft. Ein paarmal wäre ich trotzdem beinahe schreiend an Land geflohen, aber dann bemerkte ich plötzlich, dass ich stabil auf dem Surfbrett lag und kein einziges Mal herunterfiel. Maria hatte mir Bodyboarden beigebracht!

Auch dadurch, dass die Delfine uns die ganze Zeit zuschauten, fiel es mir leichter. Wave ließ sich an diesem Tag nicht mehr blicken, doch die anderen Delfine erinnerten mich immer an mein großes Ziel. Ich wollte nicht nur Surfen lernen, weil es nach einer Menge Spaß aussah, sondern auch, um meine Angst zu besiegen und vielleicht eines Tages meinen Delfintraum wahr werden zu lassen. Dank Marias Hilfe hatte ich zum ersten Mal das Gefühl, mein Ziel wirklich erreichen zu können.

12

Maria

Als ich am Freitagvormittag im Schneidersitz am Strand hockte und an einer Skizze einer Libelle arbeitete, hörte ich auf einmal ein lautes Klappern und Ächzen von den Klippen. Ich packte meinen Block und Bleistift ein, ging hinüber und sah, wie Avery sich mit einem stark abgenutzten blauen Surfbrett den schmalen Pfad hinunterquälte.

»Uff!«, rief sie und lachte mich an. »Ist sowieso schon schwer genug, hier runterzuklettern, aber mit dem Ding da …«

»Man gewöhnt sich dran!« Ich wusste nicht, ob ich mich freuen sollte, dass Avery schon wieder hier auftauchte. Bei unserer ersten Surfstunde am vorigen Tag hatte sie sich nicht schlecht geschlagen. Sie lernte schnell, sie war ziemlich sportlich, und wenn sie sich mal traute, konnte sie auch einwandfrei schwimmen. Doch das Meer jagte ihr offensichtlich immer noch Angst ein – ob ich ihr wirklich beibringen konnte, dem Wasser zu vertrauen? Und wollte ich damit wirklich meinen ganzen Sommer verbringen? Avery dachte jetzt wahrscheinlich, wir wären dicke Freundinnen, aber ich war mir da nicht so sicher. Okay, gestern war es echt ganz lustig gewesen mit ihr, allerdings waren wir sehr verschieden.

Doch jetzt war sie nun mal hier, was irgendwie auch okay war. Sie war ganz anders als Iggy und Carmen, aber auf ihre Art ganz nett. Und wenn ich mich jetzt ab und zu mit diesem Mädchen traf, würden Josie und meine restliche Familie vielleicht nicht mehr so tun, als hätte ich keine Freunde außer meinem Skizzenblock.

Wir fingen sofort zu üben an. Wir paddelten hinaus in die Bucht und ließen uns auf den Surfbrettern treiben, während ich Avery noch einmal erklärte, woran man eine gute Welle erkannte. Avery nickte zwar immer wieder brav, aber ihr Blick zuckte alle paar Sekunden zum offenen Meer.

Das ging mir auf die Nerven. »Hörst du mir eigentlich zu?«, fragte ich mittendrin.

»Tut mir leid«, sagte Avery kleinlaut. »Ich dachte nur, die Delfine kommen vielleicht wieder vorbei.«

»Die kommen, wenn sie Lust darauf haben«, erwiderte ich. »Und wenn du wirklich irgendwann mit den Delfinen schwimmen willst wie in deinem Traum, musst du dich an das Wasser gewöhnen. Also hör mir lieber gut zu, ja?«

Avery wirkte überrascht, aber sie lächelte. »Okay. Erklärst du's mir bitte noch mal?«

Es war Sonntagnachmittag, hinter Avery und mir lag unser vierter Surftag. Wir wollten gerade aus der Bucht nach oben steigen, da fiel mir etwas ein. »Morgen kann ich erst am Nachmittag. Ich muss zum Babysitten.«

»Du arbeitest als Babysitterin?«, sagte Avery in bewunderndem Ton. Als hätte ich ihr erzählt, ich sei morgen mit dem Papst zum Kaffeetrinken verabredet. »Ich darf das noch nicht.«

»Ich fange ja auch erst an. Also ich fange genau morgen an. Und es sind nur drei Tage die Woche bei einer Familie gleich nebenan«, sagte ich und hoffte, dass mir meine Panik nicht anzumerken war. Bei meinem Treffen mit Mrs Vargas in der vorigen Woche war sie total aus dem Häuschen gewesen, dass ich mich für den Job interessierte, was ja gar nicht stimmte, schließlich war ich nur wegen Josie zu ihr gegangen. Aber ich hatte es trotzdem nicht übers Herz gebracht, jetzt noch Nein zu sagen. Auch weil mir klar geworden war, dass ich das Geld wirklich gut gebrauchen konnte. Das Kunstseminar war nämlich nicht umsonst, und wenn ich die Teilnahmegebühr zum Teil selbst zahlen könnte, standen die Chancen etwas besser, dass meine Eltern den Rest übernehmen würden. Davon abgesehen mussten die Zwillinge in ihrem Alter jeden Tag Mittagsschlaf machen – dadurch käme ich wieder mehr zum Zeichnen. Gerade blieb viel Zeit durch Averys Surfstunden auf der Strecke. Aber das machte mir erstaunlich wenig aus. Avery zu unterrichten, war wirklich ganz lustig.

Avery klemmte sich ihr Surfbrett unter den Arm und ging die ersten Schritte den Pfad hinauf. »Wann bist du fertig? Wollen wir uns danach treffen?«

»Gerne. Ich kann wahrscheinlich so um vier gehen.« Ich fühlte mich ein bisschen geschmeichelt. Avery wollte also wirklich jeden Tag mit mir üben! Andererseits hätte mich das bei ihren großen Fortschritten nicht wundern sollen. Im Bodyboarden war sie schon ziemlich gut. Beim Aufspringen aufs Surfbrett wirkte sie noch unsicher, aber am vorigen Tag hatte sie sich auf ein paar sanften Wellen schon einige Meter weit im Stehen in Richtung Ufer zittern können. Und in letzter Zeit schwammen wir auch immer wieder große Runden durch die Bucht, damit Avery sich ans tiefere Wasser gewöhnte. Ich glaubte, das machte ihr sogar Spaß. Besonders, wenn wir Gesellschaft hatten. Die Delfine wichen uns zwar immer rechtzeitig aus, aber so nah war Avery ihrem Delfintraum wohl trotzdem nie zuvor gekommen.

Am Dienstag brannte die Sonne heiß vom Himmel und kein Windhauch kühlte die Luft, und so schwappten bloß knöchelhohe Miniwellen an den Strand, die unsere Surfbretter nur ganz sanft anschubsten. Zuerst wollten Avery und ich trotzdem surfen, aber als das nicht klappte, ließen wir uns einfach in der ruhigen Mitte der Bucht auf den Boards treiben und die Hände und Füße ins kühle Wasser baumeln. In der schwülen, feuchten Luft wurde ich träge und matt, sogar das Reden strengte mich an.

»Wo stecken die Delfine heute denn?«, fragte Avery, nachdem es länger still gewesen war.

»Keine Ahnung.« Ich drehte den Kopf langsam zur

Seite und spähte mit zusammengekniffenen Augen hinüber zum Durchgang ins offene Meer. »Kommen vielleicht später.«

»Ja, vielleicht.«

Wieder wurde es still. Ich starrte in das ausgewaschene Blau des wolkenlosen Himmels. Vor über einer Woche hatte ich meine Bewerbung für das Kunstseminar abgeschickt und ich hatte noch gar nichts gehört.

Deswegen schlichen sich nun immer neue Sorgen in meinen Kopf, ganz abgesehen davon, dass meine Zeichnung vielleicht sowieso zu schlecht war. Was, wenn der Brief in der Post verloren gegangen war? Oder wenn ich mich auf dem Formular bei meiner Adresse verschrieben hatte? Oder, oder, oder?

Als mir kaltes Wasser ins Gesicht spritzte, kreischte ich überrascht auf. »Hey!«, rief ich und schoss in die Höhe. Fast wäre ich vor Schreck mit meinem Surfbrett gekentert.

Avery saß aufrecht auf ihrem Board und musterte mich mit fragend hochgezogenen Augenbrauen. »Du hast mir gerade überhaupt nicht zugehört, oder?«

»Äh …« Ich zuckte die Schultern. »Tut mir leid. Ich bin heute irgendwie mit den Gedanken woanders.«

»Wieso?« Mit der Hand verwirbelte Avery das Wasser zu einem kleinen Strudel.

Zuerst wollte ich ihr einfach die üblichen Lügen auftischen: *Gibt keinen besonderen Grund … hab schlecht geschlafen … hatte Streit mit meiner Schwester …*

Aber dann tat ich es doch nicht. Wieso sagte ich ihr nicht einfach die Wahrheit? Avery hatte mir doch auch von ihrer Angst vor dem Meer und von ihrem Delfintraum erzählt. Und vor ein paar Tagen hatte sie mir sogar verraten, wieso sie wirklich hierhergezogen war – ihre Eltern ließen sich scheiden. Was hatte ich ihr im Gegenzug über mich verraten? So gut wie nichts. Avery dachte, wir wären Freundinnen. Noch waren wir keine, keine richtigen, aber könnten wir vielleicht welche werden? Ich war mir nicht sicher, doch wenn ich mir keine Mühe gab, würde ich es auch nie wissen. Und es wäre doch schön gewesen, mit irgendwem über das Kunstseminar zu reden. Außerdem kannte Avery meine Familie nicht und konnte sich deshalb nicht verplappern. Oder nur gegenüber Menschen, die mir sowieso egal waren.

Also atmete ich tief ein, so gut das an einem so furchtbar stickigen Tag eben ging. »Na ja, ich habe mich bei so einem … so einem Kunstseminar beworben …«

Dann erzählte ich ihr die ganze Geschichte und

Avery hörte aufmerksam zu, als interessiere sie sich wirklich dafür. »Das ist ja cool!«, rief sie am Schluss. »Du schaffst das bestimmt!«

Da musste ich trotz aller Sorgen lächeln. »Glaubst du? Du hast doch noch keine einzige Zeichnung von mir gesehen.«

Das war richtig. Weil ich meinen Skizzenblock nämlich jedes Mal vor ihr versteckte. Sobald Avery in der Bucht auftauchte, vergrub ich ihn tief im Rucksack.

Avery zuckte die Schultern und wackelte mit den Füßen, dass das Wasser nur so spritzte. »Du wirkst einfach sehr talentiert.«

Das ergab ja nun gar keinen Sinn. Aber irgendwie schöpfte ich trotzdem ein bisschen Hoffnung.

Im nächsten Moment entdeckte ich weiter drüben eine Rückenflosse. Die Delfine waren doch noch vorbeigekommen!

Dadurch wurden Avery und ich wieder ein bisschen munterer und ich vergaß sogar für eine Weile das Kunstseminar. Ich konnte ja sowieso nichts mehr ausrichten.

Wave und die anderen kamen mit der Hitze viel besser zurecht als wir. Sie legten eine richtige Show für uns hin, schlugen Saltos und spielten miteinander Fangen. Wir amüsierten uns über ihre Kunststückchen, bis Avery plötzlich auf die andere Seite der Bucht deutete.

»Ist das auch ein Delfin?«, fragte sie.

Ich spähte hinüber. Ja, da war eine Rückenflosse. Aber sie war schmaler und geradliniger als die unserer Delfinfreunde. »Nein«, sagte ich. »Das ist ein Hai.«

Avery reagierte genau wie erwartet. »Ein Hai?«, japste sie und strampelte wild mit den Beinen, um ihr Surfbrett zu wenden und sich ans sichere Ufer zu retten.

Ich machte mich lang und hielt ihr Board fest, bevor sie zu weit davonpaddeln konnte. »Beruhig dich!« Ich musste lachen. »Der ist so klein, der kann uns gar nichts tun. Wahrscheinlich ist es nur ein Dornhai. Von denen gibt es hier haufenweise und sie sind völlig harmlos. Schau, die Delfine beachten ihn gar nicht.«

Doch das stimmte nicht ganz. Ein einziger Delfin hatte den kleinen Hai offenbar sehr wohl bemerkt: Wave. Eine Weile lang starrte Wave den Hai reglos an, dann tauchte er mit einem merkwürdigen Pfeifen unter. Ich hielt Ausschau, aber danach zeigte Wave sich nicht mehr.

Auch Avery hatte ihn beobachtet. »Wo ist Wave hin? Glaubst du, der Hai macht ihm Angst?«

»Kann ich mir nicht vorstellen.« Ich ließ mich halb

vom Board rutschen und streckte die Beine ins tiefere Wasser, wo sich das Meer noch nicht so stark aufgeheizt hatte. »Vielleicht ist es ihm hier oben einfach zu warm.«

Die Vargas-Zwillinge waren wirklich kleine Monster. Am Mittwoch musste ich zum zweiten Mal auf die beiden aufpassen, und seit ich das Haus betreten hatte, hatte ich keine Sekunde Ruhe: Ich machte Frühstück, putzte das Frühstück wieder vom Boden auf, fing die Jungs ein, bevor sie mit ihren klebrigen Marmeladenfingern die ganzen Möbel antatschen konnten, fing scharfkantige Spielzeuge aus der Luft, mit denen sie sich gegenseitig bombardierten, und konnte im letzten Moment verhindern, dass sie einfach zur Haustür hinausstürmten. So ging es immer weiter und weiter! Und ihr Mittagsschlaf? Der dauerte irgendwie immer höchstens zehn Minuten. Ich konnte gerade mal auf die Toilette gehen und kurz durchatmen und kam natürlich nie zum Zeichnen.

Als Mrs Vargas um kurz vor vier zurückkam, hätte ich mich am liebsten einfach hingelegt und geschlafen. Aber das kam heute nicht infrage! Ich ging kurz zu Hause vorbei, um in meinen Badeanzug zu schlüpfen und mir mein Surfbrett zu schnappen, und eilte zur Bucht.

Avery hockte schon am Strand auf ihrem Board. Als sie mich kommen hörte, sprang sie auf.

»Bist du startklar?«, rief sie fröhlich. »Sieht nach super Wellen aus heute!«

»Stimmt«, sagte ich, blickte allerdings kaum hinüber zum Wasser. »Ich wollte dir schon den ganzen Tag lang was erzählen!« Ich strahlte Avery an. »Stell dir vor – letzte Nacht habe ich deinen Traum geträumt!«

»Was?« Für einen Moment wirkte Avery leicht irritiert, aber dann riss sie staunend die Augen auf. »Du hast also … du hast davon geträumt, mit den Delfinen zu schwimmen?!«

»Ja.« Ich warf mein Board neben ihres und lächelte. »Es war genau so, wie ich mir deinen Traum vorgestellt habe. Es war wunderschön!«

»Das ist ja unglaublich!«, rief Avery, drückte mich an sich und lachte mir ins Ohr.

Ein bisschen widerwillig erwiderte ich die Umarmung. Klar, Avery dachte, wir wären Freundinnen … aber gleich so enge Freundinnen, dass wir uns umarmten? Das war dann doch etwas anderes. Oder war sie einfach wie Josie? Die fiel sogar Menschen um den Hals, die sie erst seit fünf Sekunden kannte.

»Schau!« Avery ließ mich los. »Die Delfine sind da! Ich habe ihnen schon die ganze Zeit zugesehen. Komm, lassen wir unsere Träume wahr werden!«

Lachend hob sie ihr Surfbrett auf und rannte ohne Zögern in die Brandung. Ich war richtig stolz auf sie. Seit unseren ersten Surfstunden hatte Avery wirklich eine Menge dazugelernt. Am Anfang war sie vor den kleinsten Wellen zurückgeschreckt und dann nur mit lautem Geschrei und viel Theater hindurchgewatet.

Aber endgültig überwunden hatte sie ihre Angst noch nicht. Es war nicht zu übersehen, dass sie nie richtig tief untertauchte, am liebsten immer in Reichweite ihres Boards schwamm und dabei fast die ganze Zeit den Kopf über Wasser hielt. Sie schwamm wie ein Hündchen …

Doch das war okay so. Sie würde es schon noch lernen. Wie hätte meine *abuelita* gesagt? *Poco a poco*!

Als ich sie eingeholt hatte, saß Avery schon mitten in der Bucht auf ihrem Board, das eine Bein links im Wasser, das andere rechts. Fünf Meter weiter jagten sich die Delfine gegenseitig hinterher, verspielt wie immer.

»Guck, Wave ist auch dabei!«, rief Avery.

Gerade rollte sich der gefleckte Delfin auf die Seite. Avery beugte sich vor und beobachtete ihn genau.

Wollte sie einen Blick auf seinen Bauch werfen? Mir fiel wieder ein, wie sie mir von seiner Beule und von dem alten Labrador ihrer Freundin erzählt hatte …

Doch darüber verlor Avery kein Wort und ich dachte auch lieber an etwas anderes.

Am Donnerstag war es windig und bewölkt. Das Meer machte einen mürrischen Eindruck, als wäre das nächste Unwetter nicht mehr weit. Das hatte auch Avery mitbekommen.

Wir standen am Strand und Avery klammerte sich fest an ihr Surfbrett. »Heute sind die Wellen ziemlich groß, was? Vielleicht sollten wir lieber nur bodyboarden …«

»Nichts da!« Ich marschierte in das zurückschwappende Wasser. »Auf kräftigen Wellen kann man viel besser surfen. Und gestern hast du es doch fast perfekt hingekriegt!«

Das sagte ich nicht nur so. Nachdem wir eine Weile die Delfine beobachtet hatten, hatten wir nämlich noch eine Surfstunde eingelegt. Avery tat sich mittlerweile viel leichter damit, auf das Board zu springen, nur danach wackelte sie etwas zu viel herum. Aber ein paarmal hatte sie trotzdem mehr als die halbe Strecke zum Strand im Stehen zurückgelegt und war erst dann in die Gischt geplumpst. Und wenn ihr das passierte, geriet sie kaum noch in Panik. So weit, so gut. Doch natürlich wäre es besser gewesen, wenn sie gar nicht mehr umgefallen wäre.

Avery wirkte noch immer leicht verunsichert, weil die Wellen heute so hoch waren, aber sie machte mit. Darüber war ich froh. Es war zwar erstaunlich lustig, ihre Lehrerin zu spielen, allerdings kam ich dadurch in letzter Zeit selbst kaum zum Surfen. Und heute hatte ich eine Riesenlust auf ein paar ordentliche Wellen. Dann musste ich vielleicht nicht mehr ständig daran denken, dass ich nichts von dem Kunstseminar gehört hatte.

Wir paddelten durch die auslaufenden Wellen, wendeten unsere Surfbretter und beobachteten das Wasser. Dass die Delfine an diesem Tag nirgends zu sehen waren, hatte Vor- und Nachteile. Einerseits lenkten sie Avery so nicht vom Surfen ab, andererseits war dadurch ihre Angst wieder präsenter. Als ich sie zu einer vielversprechenden Welle schubsen wollte, starrte sie mich zuerst entsetzt an.

Doch sie paddelte los. »Wird schon schiefgehen!«

Ich lachte. »Das ist die richtige Einstellung!«

Das brachte auch Avery zum Lachen. Einmal drehte sie sich noch zu mir um, dann drückte sie die Knie durch, richtete sich auf dem Board auf – und kippte sofort um.

Bald trieb sie wieder neben mir und spähte deprimiert durch die nassen Haare vor ihren Augen. »Wusste ich's doch. Die Wellen sind einfach zu heftig für einen Frischling wie mich.«

»Du bist doch kein Frischling mehr!«, erwiderte ich. »Versuch's einfach noch mal.«

Doch nachdem sie zwei weitere Male binnen Sekunden vom Board gefallen war, verlor ich beinahe selbst den Mut. Ob ich am Ende zu viel von ihr verlangte?

Da entdeckte Avery eine Welle, die ihr gefiel. »Die gehört mir!«, schrie sie und paddelte wie wild.

Mit angehaltenem Atem sah ich zu. Kurz bevor die Welle brach, hatte Avery sie erreicht. In einer flüssigen Bewegung richtete sie sich auf, bis sie stabil stand, streckte die Arme aus, winkelte die Knie an und ließ sich vom Wasser anschieben. Genau so hatte ich es ihr beigebracht!

Avery ritt die Welle bis zum Ufer und trat im flachen Wasser auf den steinigen Sand, als wäre es das Normalste der Welt. Das Surfbrett stieß gegen ihre Knöchel und wurde von der zurückschwappenden Welle mitgezogen, die Leash riss an Averys Bein. Dadurch geriet sie ins Stolpern, doch als sie sich zu mir umdrehte, strahlte sie wie die Grinsekatze höchstpersönlich. Ihr Lächeln leuchtete heller als die Sonne am wolkenverhangenen Himmel.

»Geschafft!«, brüllte sie und riss die Arme hoch. »Hast du das gesehen, Maria? Ich hab's geschafft!«

Als ich nachmittags nach Hause ging, hatte ich immer noch prächtige Laune. Weil ich in unserer Straße das Postauto davonrollen sah, holte ich auf dem Weg ins Haus gleich den dicken Stapel aus dem Briefkasten und blätterte ihn geistesabwesend durch – war vielleicht der neue Surfkatalog eingetrudelt? Ansonsten bekam ich eigentlich nie Post, höchstens mal eine Karte von Iggy oder Carmen oder von meinen Cousins.

Nur heute war noch etwas anderes dabei: ein schmaler, blütenweißer Umschlag mit meinem Namen über der Adresse. Sofort hämmerte mein Herz. Das konnte nur eines sein.

Ich rannte ins Haus. Ein Glück, dass niemand da war! Nachdem ich die übrige Post auf die Küchentheke geworfen hatte, starrte ich den Brief ein paar Sekunden lang an. Dann atmete ich tief durch, schlitzte den Umschlag behutsam mit dem Daumennagel auf und warf einen Blick hinein.

13

Avery

Als ich am nächsten Nachmittag aus dem Haus ging, schlug mir sofort ein warmer Wind entgegen. Gleich hinter mir trat Tante Janice aus der Tür. Sie war gerade erst von der Arbeit nach Hause gekommen, musste aber schon wieder los, weil sie sich mit Mom und Kady zur nächsten Hausbesichtigung traf. Die ganze Woche lang hatten sie sich zu dritt Häuser angesehen. Von einigen hatte Mom mir auch ausführlich erzählt, doch ich hatte nie richtig zugehört.

Tante Janice' Blick zuckte zu meinem Badeanzug. »Pass gut auf dich auf, Aves. Es sieht nach einem Sturm aus. Cam hat gesagt, die Wellen heute früh waren nicht ohne.«

»Ich pass schon auf!« Lächelnd erinnerte ich mich

an meinen perfekten Wellenritt vom vorigen Tag. Endlich hatte ich wirklich verstanden, wieso alle so sehr vom Surfen schwärmten. Es war einfach ein Wahnsinnsgefühl!

In der Bucht wartete Maria auf mich. Normalerweise saß sie ganz ruhig am Strand und blieb sogar geduldig, wenn ich mich mal verspätete. Aber heute hüpfte sie vor lauter Ungeduld fast auf der Stelle.

»Da bist du ja endlich!«, rief sie mir entgegen. »Rat mal, was es Neues gibt – sie haben mich genommen!«

Es dauerte eine Sekunde, doch dann schaltete ich und begriff, wovon sie sprach. »Wirklich!?«, schrie ich, ließ das Surfbrett fallen und drückte Maria mit aller Kraft an mich. »Das ist ja der Hammer! Gratuliere!«

»Danke!« Maria war richtig außer Atem. Lachend schüttelte sie meine Arme ab. »Gestern ist der Brief gekommen. Ich konnte es zuerst selber nicht glauben!«

»Und was hat deine Familie gesagt?«

Als Maria mit den Schultern zuckte, geriet ihr Lächeln ein bisschen ins Wanken. »Ich habe es ihnen nicht erzählt. Mein Dad und mein Bruder haben sich gestern so gestritten, da habe ich lieber noch gewartet.«

»Ja, klar.« Ich freute mich für sie. Aber trotzdem, und trotz dieses Streits zwischen ihrem Dad und ihrem Bruder … etwas komisch fand ich es schon, dass ihre Familie nichts von den tollen Neuigkeiten wusste. »Und? Zeigst du mir jetzt endlich ein paar von deinen Zeichnungen?«

»Ja, vielleicht.« Maria zögerte und sah mich schüchtern an. »Willst du sie wirklich sehen?«

»Aber natürlich!«, rief ich. »Ich will sie unbedingt sehen – vor allem die von den Delfinen! Hast du sie dabei?« Mein Blick huschte zu Marias Rucksack, der drüben im Sand lag.

Widerwillig ging Maria hinüber, doch dann zog sie endlich einen Skizzenblock mit abgewetztem violettem Umschlag aus dem Rucksack. Sie presste sich den Block an die Brust und kehrte zu mir zurück.

»Ich hoffe, sie …« Dann verstummte Maria und drückte mir den Block schnell in die Hand. »Also wenn du willst, schau sie dir einfach an.« Sie drehte sich zum Wasser.

Voller Neugier schlug ich den Skizzenblock auf und schnappte gleich bei der ersten Seite bewundernd nach Luft. Es war eine irre detaillierte Zeichnung einer Katze, die sich an einen Vogel anschlich. Die beiden Tiere wirkten so lebendig, dass ich beinahe dachte, die Katze hätte mit dem Schwanz gezuckt. »Das ist ja unglaublich!«, rief ich. »Wusste ich's doch! Du hast wahnsinnig viel Talent!«

Mit einem Gesichtsausdruck irgendwo zwischen Lächeln und Stirnrunzeln spähte Maria über meine Schulter. »Findest du wirklich?«

»Hey, das sieht man sofort!« Ich blätterte den Skizzenblock durch und saugte jede einzelne Zeichnung mit dem Blick auf. Es waren Zeichnungen von verschiedensten Tieren, von Menschen und Landschaften …

Aber am besten gefielen mir die Delfine. Einmal hatte Maria eine kleine Delfinschule gezeichnet, die gerade an einem Segelboot vorübersprang, und einmal einen schlanken grauen Tümmler, der unter Wasser dahinglitt. Und natürlich entdeckte ich viele unserer Freunde aus der Bucht.

»Aber wo ist die Zeichnung von Wave?«, fragte ich. »Die von deiner Bewerbung? Bisher war keine dabei, wo nur Wave drauf ist, ohne die anderen.«

»Die steckt ganz hinten drin.« Maria zog ein zusammengefaltetes Blatt Druckerpapier aus dem Block. »Ich musste das Original einschicken, deshalb habe ich mir eine Kopie gemacht.«

Als ich das Papier auseinanderfaltete, blieb mir

schon wieder die Spucke weg. »Wahnsinn! Kein Wunder, dass sie dich auf der Stelle genommen haben! Das ist wunderschön!«

Lächelnd blickte Maria zu Boden. Ihre Haare fielen ihr in die Stirn. »Jetzt haben wir aber genug Bilder geguckt.« Sie schnappte mir den Block weg, steckte ihn ein und hob ihr Surfbrett auf. »Jetzt wird gesurft!«

Tante Janice sollte recht behalten – selbst in unserer kleinen geschützten Bucht waren die Wellen viel wilder als gewohnt. Ich wollte mir meine Angst nicht anmerken lassen, aber Maria bekam es mit ziemlicher Sicherheit trotzdem mit. Wahrscheinlich durfte ich mich deshalb schon nach zwei, drei Surfversuchen draußen im ruhigeren Wasser ausruhen und die Delfine beobachten. Sie waren bereits in der Bucht gewesen, als wir hier aufgetaucht waren, aber besonders verspielt wirkten sie heute nicht. Die meiste Zeit ließen sie sich knapp unter der Oberfläche treiben und kamen nur gelegentlich zum Luftholen nach oben.

Sogar hier, in der Mitte der Bucht, wurde ich auf meinem Surfbrett ordentlich durchgeschaukelt. Ich lag auf dem Bauch und hielt mich gut fest, sonst hätte mich früher oder später eine größere Welle heruntergeschubst.

»Da drüben ist Wave!«, rief ich. Ich hatte den

schwarz-weißen Delfin endlich entdeckt. »Sollen wir versuchen, näher an ihn heranzukommen?«

Ich dachte nämlich immer noch an die seltsame Beule an Waves Bauch. War sie wirklich so groß oder hatte ich mir das nur eingebildet? Damals hatte ich ja vor lauter Panik nicht klar denken können … Möglicherweise gab es also gar keinen Grund zur Sorge. Ich wollte mir den gefleckten Delfin jedoch unbedingt noch einmal genauer anschauen. Deswegen richtete ich mein Board auf Wave aus und Maria folgte mir mit langsam strampelnden Beinen. Doch kaum sah Wave uns näher kommen, schwamm er davon und versteckte sich hinter den anderen Delfinen.

Da war ich sogar ein bisschen beleidigt. Aber das war natürlich Unsinn, denn Wave war ja immerhin ein wildes Tier. Und vielleicht hatte er heute einfach keine Lust, mit zwei Menschen herumzuhängen. Oder war er nervös wegen des aufziehenden Gewitters? Ich dachte an den Golden Retriever unserer früheren Nachbarn – der hatte sich immer schon beim leisesten Donnergrollen unterm Bett verkrochen.

Ja, hoffentlich war Wave einfach nur nervös oder schlecht gelaunt. Hauptsache, er war nicht krank!

Auch zu Hause beim Abendessen dachte ich ununterbrochen an Wave. Das aufgeregte Geschwätz der anderen, die sich schon wieder über die Haussuche unterhielten, rauschte mir bloß in den Ohren wie die Wellen draußen in der Bucht. Ich stocherte in der Hühnchen-Chinapfanne auf meinem Teller und überlegte. Sollte ich Maria sicherheitshalber noch mal auf Waves Beule ansprechen? Maria kannte sich doch mit Delfinen aus. Vielleicht könnte sie herausfinden, ob wir uns Sorgen machen mussten oder nicht. Gleich nachdem ich die Beule entdeckt hatte, hatte ich im Internet nachgeguckt, aber nichts wirklich Passendes gefunden.

Erst als Cam aufsprang und mir in die Schulter pikste, erwachte ich aus meiner Grübelei. »Ich gehe noch eine Runde surfen. Kommst du mit? Die Wellen sind superkrass heute wegen dem Wind.«

Mom sah mich besorgt an. »Ich weiß nicht so recht. Avery ist doch ein bisschen unsicher im Wasser …«

Aha, so sehr interessierte sich meine Mutter also für mich! Was dachte sie denn, was ich in der vergangenen Woche jeden Tag gemacht hatte? Dabei hatte ich ihr sogar von meinen Surfstunden mit Maria erzählt! Okay, ich hatte nicht erwähnt, dass Maria und ich uns in einer einsamen Bucht trafen, aber ansonsten …

»Keine Sorge, Mom.« Ich trug schnell meinen Teller zum Geschirrspüler. »Wahrscheinlich schaue ich sowieso nur zu.«

Doch auf dem Weg zur Haustür schnappte ich mir mein Surfbrett.

Da musste Cam grinsen. »Hey, ich dachte, du hättest keinen Bock mehr auf Surfen.«

Ich zuckte fröhlich mit den Schultern. Von meinen Surfstunden mit Maria hatte Cam offensichtlich gar nichts mitgekriegt – umso besser! Dann konnte ich ihn ja jetzt mit meinen neuen Wellenreitkünsten überraschen. »Tja, vielleicht hab ich's mir anders überlegt.«

Als wir zum Strand kamen, waren einige von Cams Freunden schon am Surfen. Der Typ mit dem Irokesenschnitt joggte uns entgegen.

»Yo, Avery!« Es hörte sich an, als hätte er nicht damit gerechnet, mich noch mal hier zu sehen. »Du bist wieder da.«

»Ich bin wieder da«, erwiderte ich lässig. »Hey, was steht ihr hier rum? Jetzt wird gesurft!«

Statt auf eine Antwort zu warten, rannte ich einfach zum Wasser. Leider hatte ich irgendwie vergessen, dass die Wellen hier deutlich größer waren als in unserer Bucht. Aber darüber dachte ich lieber nicht weiter nach, sondern warf mich mit dem Bauch auf mein Board und paddelte hinaus aufs Meer.

Hinter der Brandung wendete ich, blickte zum Strand – und wurde wieder nervös. Das offene Meer war doch eine ganz andere Angelegenheit als das sanfte Wasser der geschützten Bucht. Worauf hatte ich mich da nur eingelassen?

Aber jetzt hatte ich eigentlich gar keine Wahl mehr, denn irgendwie musste ich ja zurück an Land. Also wieso versuchte ich es nicht wenigstens mit dem Surfen?

Ich stellte mir Marias aufmunternde Worte vor: *Na los, Avery*, hätte sie jetzt gesagt. *Such dir deine Welle aus und mach's wie die Delfine!*

Das brachte mich zum Lächeln und genau im selben Augenblick entdeckte ich in der Nähe eine Woge, die sich immer weiter aufbäumte. Ich schaltete mein Gehirn aus, so gut es ging, und paddelte darauf zu.

Mein allerbester Wellenritt wurde es nicht. Ich rutschte leicht schief vor die Welle, wackelte ziemlich herum und musste gut drei Meter vor dem Ufer vom Board stolpern, weil ich sonst todsicher umgekippt wäre.

Aber ich war sehr geschickt aufs Surfbrett aufgesprungen. Und nach dem Absteigen geriet ich überhaupt nicht in Panik, als mich die nächste Welle umwarf und nach unten drückte. Nein, ich stemmte mich einfach wieder hoch, sicherte mein Board, bevor es sich an der Leash davonmachen konnte, und joggte die letzten paar Meter zum Ufer.

Cam, Iro und ein paar andere hatten mir zugesehen. »Yeah-hey, Aves!«, schrie Iro und reckte die Fäuste in die Luft. »Hammerleistung!«

»Jepp, das war super!« Lächelnd klatschte Cam mich ab. »Hast du heimlich geübt, oder was?«

»So ungefähr.« Noch ein bisschen außer Atem strich ich mir die nassen Haare aus der Stirn. Später, wenn Cams Freunde nicht mehr dabei waren, konnte ich ihm ja von Maria erzählen. »Was ist los?«, rief ich. »Wollt ihr mir gar nicht zeigen, was ihr so draufhabt?«

Während ich mich in den warmen Sand fallen ließ und mich entspannte, schnappten sich die anderen johlend ihre Surfbretter und preschten ins Wasser. Ich ging nicht noch mal rein, aber ich hatte eine Menge Spaß dabei, Cam und den anderen bei ihrer großen Show zuzuschauen.

Ja, einen solchen Spaß hatte ich schon länger nicht mehr gehabt – außer mit Maria und den Delfinen. Ich kam wieder ins Nachdenken. Vielleicht lebte es sich als California-Girl ja doch nicht so schlecht …

14

Maria

Am Samstag konnte ich endgültig nicht mehr länger warten. Dem College musste ich zwar erst in zwei Wochen Bescheid sagen, ob ich wirklich an dem Kunstseminar teilnehmen würde, aber das änderte nichts daran. Ich war in Gedanken nur noch bei dem Seminar, machte mich in jeder freien Minute im Internet darüber schlau und wurde immer unruhiger. Ich musste endlich wissen, ob ich nun mitmachen konnte oder nicht. Ich musste meinen Eltern davon erzählen.

Das war keine leichte Aufgabe. Am Morgen schleppte ich mich in die Küche, als wäre ich auf dem Weg zu meiner eigenen Hinrichtung. Aber ich gab mir Mühe, zuversichtlich zu sein. So wie Avery, die immer von allen das Beste dachte, was mir manchmal richtig auf die Nerven ging. Avery fragte täglich nach, ob ich meiner Familie endlich Bescheid gesagt hatte. Sie kapierte offensichtlich nicht, wo das Problem lag.

Am Samstagvormittag war Papa immer entspannt und gut gelaunt. Erstens hatte er die Arbeitswoche hinter sich, zweitens freute er sich schon auf das traditionelle Samstags-Squash mit seinen Freunden. Meistens machte er an diesem Tag ein großes Frühstück für die ganze Familie und erkundigte sich dabei, wie unsere Woche so war. Weil er unter der Woche zehn bis elf Stunden am Tag im Labor arbeitete, war er nie ganz auf dem Laufenden.

Auch heute war es wie immer. Es gab Eier in allen Variationen, Josie berichtete begeistert von ihren tausend Unternehmungen mit ihren unzähligen Freunden, Nico brummte ein paar Worte über seine Verabredung mit Sofia am Vorabend. Auch Mom hatte viel zu erzählen, denn anscheinend wurde die Firma, bei der sie arbeitete, irgendwie »umstrukturiert«. Aber wegen meiner eigenen Probleme achtete ich nicht groß auf die komplizierten Einzelheiten.

Jahrhunderte oder sogar Jahrtausende später waren die Eier endlich aufgegessen und Josie rückte ihren Stuhl zurück. »Soll ich noch beim Aufräumen helfen?«, fragte sie.

»Nee, schon gut«, erwiderte ich eilig. »Das mache ich.«

»Danke«, sagte Josie überrascht. »Dann kümmere ich mich nächstes Mal ums Abendessen, okay?«

Und schon war sie verschwunden, nachdem sie noch schnell irgendetwas wegen eines Volleyball-Turniers über ihre Schulter gerufen hatte. Ich warf einen Blick auf Nico, doch der saß wie festgewachsen auf seinem Stuhl und pulte mit dem Finger in den Zähnen herum.

Das hatte auch Mom bemerkt. »Hast du keine Manieren? Finger aus dem Mund!«

Nico verdrehte die Augen, nahm aber brav den Finger heraus. Würde er jetzt vielleicht endlich abhauen? Doch er zog lieber sein Handy aus der Tasche und scrollte sich durch seine neuesten Textnachrichten.

Papa lehnte sich zurück und studierte Nico über seine Brille hinweg. »Und was hast du heute so vor, mein Sohn?«

Nico zuckte die Schultern. »Keine Ahnung. Sof ist bei ihren Großeltern, von daher …«

Das klang gar nicht gut. Was, wenn Nico den ganzen Vormittag zu Hause herumhängen würde? Wenn ich das Kunstseminar ansprach, wollte ich wirklich nicht, dass Nico oder Josie mitdiskutierten. Ich wusste sowieso nicht, wie ich meine Eltern davon überzeugen sollte, ihr sauer verdientes Geld für etwas so »Sinnloses« auszugeben – da mussten sich nicht auch noch meine lieben Geschwister einmischen! Nico machte sich doch andauernd über meine »ach so albernen Krakeleien« lustig und Josie belehrte mich ständig, dass es da draußen eine große weite Welt gab, von der ich vielleicht sogar ein bisschen was mitkriegen würde, wenn ich meine Nase nicht immer im Skizzenblock hätte. Das fand ich so lächerlich. Was dachte Josie denn, was ich da zeichnete? Natürlich die Welt!

Mom zog eine Augenbraue hoch. »Heißt das, du hast nichts zu tun?«, fragte sie Nico. »Dann kannst du mir ja helfen, die Garage zu entrümpeln.«

Da schnellte Nico plötzlich hoch. »Sorry, Ma, das geht nicht.« Er stopfte sein Handy in die Tasche. »Ich habe den Jungs gesagt, wir können gleich zur Mall am Highway, und ich muss die anderen hinfahren.«

Als die Tür hinter Nico ins Schloss knallte, stieß ich einen Seufzer der Erleichterung aus. Doch da sah ich meinen Vater nach seinen Autoschlüsseln greifen.

»Warte, Papa«, platzte ich heraus. »Wo willst du hin?«

Papa zupfte mir sanft am Zopf und lachte. »Wohin wohl, *m'ija*? Zum Squash!«

»Oh.« Dann war es wohl schon später als gedacht. »Äh, ich müsste kurz mit dir und Mom reden.«

Meine Eltern sahen sich überrascht an. »Aber natürlich«, sagte Mom. »Setz dich, Carlos. Deine Freunde können ruhig ein bisschen warten.«

Gehorsam hockte Papa sich wieder auf seinen Platz. »Okay, was gibt's?«

Auf einmal konnte ich kaum noch Luft in meine Lunge saugen und meine Kehle war so ausgetrocknet wie die Sonora-Wüste. Ich kippte rasch meinen letzten Rest Orangensaft hinunter.

Das brachte auch nicht viel. Doch als ich sah, wie Papas Blick zur Tür wanderte und Moms zum Geschirrspüler, sagte ich mir: Jetzt oder nie. Am liebsten hätte ich mich für nie entschieden … aber ich musste endlich den Mund aufmachen.

»Ich habe mich bei einem Kunstseminar für Teenager am städtischen College beworben«, redete ich drauflos. »Ich habe eine Zeichnung eingeschickt, und obwohl nur ungefähr dreißig Prozent der Bewerber angenommen werden und obwohl ich dachte, ich habe sowieso keine Chance, vor allem, weil ich noch so jung bin, habe ich es geschafft!«

»Du warst unter den besten dreißig Prozent?«, fragte Papa fast ein bisschen beeindruckt. »Gut gemacht!«

»Danke.« Ich holte Luft. »Genau, und jetzt muss ich denen sagen, ob ich auch wirklich mitmachen kann. Es wäre zweimal die Woche nach der Schule und ein paar Stunden am Samstagvormittag, also ab September ...« Nacheinander sagte ich die ganzen auswendig gelernten Informationen von der Internetseite auf und erwähnte ganz am Schluss die Kosten.

Als ich verriet, wie hoch die Teilnahmegebühr war, schossen Moms Augenbrauen in die Höhe. »Das klingt ja nach einem sehr netten Kunstkurs«, sagte sie mit fester Stimme, »aber das ist zu teuer. Wir sind stolz, dass sie dich genommen haben, doch da wirst du leider dankend ablehnen müssen.«

»Mom!« Automatisch sah ich Papa an.

Doch Papa nickte zustimmend. »Deine Mutter hat recht. Wir drehen sowieso schon jeden Penny um, damit ihr drei später mal studieren könnt. Wir haben kein Geld für Spielereien.«

»Aber das ist doch keine Spielerei.« Ganz langsam ein- und ausatmen, sagte ich mir, und bloß nicht heulen! »Außerdem kann ich einen Teil davon selber bezahlen. Ich verdiene jetzt doch was beim Babysitten ...«

»... und das wirst du schön auf dein Sparkonto einzahlen«, fiel Mom mir ins Wort. »Und abgesehen davon geht es hier doch nicht nur ums Geld. Dieser Kurs würde dich viel Zeit kosten und die brauchst du für die Schule.«

»Tut uns leid, *m'ija*.« Irgendwie brachte Papa es fertig, gleichzeitig mitfühlend und durch und durch herzlos herüberzukommen. Er sah auf seine Armbanduhr. »Ich muss jetzt wirklich los.«

Papa wollte offensichtlich ganz schnell zum Squash, aber ich verließ das Haus sogar noch schneller als er. Ich wollte nicht vor meinen Eltern in Tränen ausbrechen. Ich holte mir nur mein Surfbrett aus der Garage und rannte zur Bucht.

Dort spielten die Delfine schon an ihrem Lieblingsplatz. Ich blinzelte mir die Tränen aus den Augen und beobachtete, wie sie ihre Saltos schlugen, doch Wave konnte ich nicht entdecken. Da fühlte ich mich gleich noch schlechter. Es war, als hätte Wave schon davon gehört, dass sein Bild völlig umsonst gewesen war. Vielleicht wollte er jetzt nichts mehr von mir wissen.

Wenigstens war das Gewitter inzwischen vorübergezogen. Gleichmäßige, einladende Wellen schwappten durchs Meer. Aber aufs Surfen hatte ich trotzdem keine Lust. Ich paddelte bloß in die ruhige Mitte der Bucht und legte mich aufs Board. Mit der Zeit würden die warme Sonne auf meiner Haut und das Pfeifen und Quieken der Delfine vielleicht ein bisschen gegen meine Traurigkeit helfen.

Ich weiß nicht, wie lange ich schon so dagelegen hatte, aber irgendwann hörte ich eine Stimme vom Strand. Ich kniff die Augen zusammen und sah Avery mit ihrem Surfbrett in die Brandung laufen. Eigentlich hatte ich gerade keine Lust auf ihre Gesellschaft. Ich wollte gar niemanden sehen oder höchstens Wave … doch da hatte ich nichts mitzureden.

Sobald Avery meinen Gesichtsausdruck bemerkte, verging ihr das Lächeln. »Was ist los?«, fragte sie beunruhigt. »Ist jemand gestorben?«

»Ja, meine Träume«, seufzte ich und erzählte ihr die ganze Geschichte.

Avery schnaufte empört und runzelte mitfühlend die Stirn. Am Schluss schüttelte sie nur noch den Kopf.

»Ich weiß gar nicht, was ich sagen soll.« Mit einer Hand im Wasser ließ sie ihr Board in der trägen Strömung treiben. »Das ist einfach so schade. Dass die einfach nicht kapieren, was für eine Riesenchance das für dich ist!«

Ich zuckte die Schultern. »Das sehen meine Eltern eben komplett anders. Für die ist Kunst einfach nur sinnlos. Die denken, von Kunst kann man nicht leben und deswegen ist es Zeitverschwendung.«

»So ein Quatsch!«, rief Avery. »Meine Mom hat eine Freundin, die ist Künstlerin und total reich! Die hat eine Villa am See mit Swimmingpool und allem! Wenn du willst, erzähle ich deinen Eltern mal von ihr.«

Ich zuckte noch mal die Schultern. »Das bringt doch nichts. Nur weil irgendeine Weiße davon leben kann, erlauben die mir doch nicht, Künstlerin zu werden. Wo ich genauso gut Physikerin oder Anwältin oder irgendwas anderes *Handfestes* werden kann.« Ich war selbst überrascht, wie frustriert ich klang.

»Okay«, meinte Avery. »Aber was haben sie zu deiner genialen Zeichnung von Wave gesagt? Die muss ihnen doch gefallen haben.«

»Meine Eltern haben sie noch nie gesehen.«

Da wurden Averys blaue Augen größer und größer, als wollten sie das ganze Meer verschlucken. »Wie bitte? Dann musst du sie ihnen sofort zeigen! Vielleicht kapieren sie dann, wie wichtig dir das ist!«

»Die würden gar nichts kapieren. Die wollen es nicht kapieren.« Ich strampelte mit den Beinen, sonst wäre mein Surfbrett gegen Averys gestoßen.

»Aber es kann doch nicht schaden«, sagte sie.

»Na, du musst es ja wissen.« Ich starrte sie an. Wieso sah sie nicht ein, dass ich nicht mehr darüber reden wollte? »Du kennst meine Familie nicht.«

»Stimmt. Aber ich kenne dich. Und ich fände es viel zu schade, wenn du jetzt einfach so aufgibst.«

Ich verdrehte die Augen. »So, so, du kennst mich also. Wir haben uns doch erst vor ein paar Wochen zum ersten Mal gesehen.«

»Na und?«

»Und deshalb hast du keine Ahnung von mir. Nicht wirklich.« Meine Augenbrauen zogen sich zusammen. »Du merkst ja nicht mal, dass ich nicht bin wie du und deswegen auch nicht immer alles genauso mache wie du.«

»Das habe ich ja auch nie verlangt.« Avery gab einfach keine Ruhe. »Trotzdem, ich finde, du solltest …«

Doch ich hatte keine Lust mehr auf ihre klugen Ratschläge. »Ich finde, du solltest dich um deinen eigenen Kram kümmern«, sagte ich so laut, dass meine Stimme von den hohen Felswänden zurückgeworfen wurde.

Dann trat ich kräftig mit den Beinen aus und paddelte in Richtung Strand. Dicht bei mir türmte sich eine hübsche Welle auf. Ich nahm sie perfekt, sprang geschmeidig auf und ließ mich zum Ufer tragen. Und ohne noch einen Blick zurückzuwerfen, stampfte ich aus der Bucht hinaus.

15

Avery

»Maria!«, rief ich.

Doch Maria marschierte schon den Pfad hinauf. Nur ab und zu blitzte noch ihr buntes Surfbrett durch die struppigen Büsche und Bäume.

Ich sah mich um. Plötzlich war ich ganz allein im Wasser – und zwar ziemlich weit draußen! So nah am Ausgang der Bucht konnte mich jederzeit eine überraschende Strömung ins offene, raue Meer tragen …

Panik kroch in mir hoch und ich strampelte so wild mit den Beinen, dass ich beinahe mein Board umgekippt hätte. Ich krallte mich ins Plastik. Erst mal tief durchatmen, sagte ich mir. Doch vor lauter Angst japste ich nur hektisch.

Da steckte ganz in meiner Nähe ein Delfin seinen

Kopf aus dem Meer. Ich hörte ein Pfeifen, dann verschwand er wieder, aber schon dieser eine kurze Moment hatte meine Panik vertrieben. Zumindest zum großen Teil. Ich klammerte mich weiter fest ans Surfbrett und paddelte in die Brandung hinein. Natürlich versuchte ich gar nicht erst aufzustehen. Nie im Leben, wo ich doch ganz allein hier draußen war! Stattdessen ließ ich mich im Liegen zum Ufer tragen und plumpste dort erleichtert in den groben Sand.

Eine Zeit lang blieb ich liegen, starrte in den Himmel und wartete ab. Mein Herz klopfte noch wie verrückt, meine Hände zitterten und ich dachte die ganze Zeit daran, dass Maria mich einfach da draußen im Stich gelassen hatte. Dabei wusste sie doch, wie viel Angst mir das Meer machte … vielleicht hatte sie also recht. Vielleicht konnten zwei so unterschiedliche Menschen einfach keine Freunde werden.

Sonntagnacht hatte ich wieder meinen Delfintraum. Doch diesmal war ich nach dem Aufwachen traurig, nicht glücklich, und zuerst wusste ich nicht warum.

Erst nach ein paar Sekunden erinnerte ich mich wieder an meinen Streit mit Maria. Seufzend rollte ich mich von der Luftmatratze. Warum war Maria nur so stur?

Aber wie hätte Onkel Phil gesagt? Auf manche Fragen gibt es einfach keine Antwort. Deshalb versuchte ich lieber, nicht an Maria zu denken. Am vorigen Tag war ich nicht in der Bucht gewesen, sondern mit Cam und seinen Freunden surfen gegangen. Zum Glück hatte ich dabei meinen Panikanfall von Samstag vergessen können und wieder richtig Spaß gehabt. Nur schade, dass ich keinen einzigen Delfin gesehen hatte.

Als ich auf den Flur trat, kam Kady in ein Handtuch gewickelt und mit puterrotem Gesicht aus dem Bad. Anscheinend hatte sie mal wieder ausgiebig heiß geduscht. Das war so eine Art Hobby von ihr, auch wenn sich ihre Eltern regelmäßig über die Wasserrechnung beschwerten.

»Hi«, sagte sie. »Ich wollte dich schon wecken. Sollen wir später vielleicht einen Spaziergang zur Center Street machen? Ich habe gehört, in einer der Boutiquen haben sie coolen neuen Schmuck reinbekommen.«

Im ersten Moment sagte ich gar nichts, so verblüfft war ich von Kadys Vorschlag. Seit dem Ausflug zur Mall, wo ich Maria zum ersten Mal über den Weg gelaufen war, hatten wir nichts mehr zusammen unternommen.

Aber dann fiel mir etwas ein – hatte Kady sich nicht gestern bei Tante Janice darüber beklagt, dass alle ihre Freundinnen im Ferienlager oder mit ihren Familien im Urlaub waren? Damit war die Sache klar. Kady war so sterbenslangweilig, dass sie sich sogar mit mir abgeben wollte.

Aber wollte ich mich überhaupt mit *ihr* abgeben? Immerhin hatte sie ziemlich gemeine und außerdem absolut falsche Sachen über Maria und ihre Familie gesagt. Okay, im Moment war Maria sauer auf mich. Doch was wäre ich für eine Freundin gewesen, wenn ich Kady so etwas durchgehen ließe?

»Übrigens«, sagte ich deshalb mit ruhiger Stimme. »Marias Bruder ist gar nicht in einer Gang. Und in ihrem Stadtviertel muss man auch keine Angst haben. Ich weiß nicht, woher du das alles hast, aber es ist einfach nicht wahr. Du bist meine Cousine und ich fände es super, wenn wir wieder Freundinnen werden könnten wie früher. Dann musst du aber aufhören, so einen Müll zu erzählen.«

Kady verzog das Gesicht. Aber dann verkniff sie sich ihre erste Erwiderung und sah mir nur stumm in die Augen. Ich hielt den Atem an.

Am Ende zuckte Kady mit den Schultern. »Okay, kann sein. Stimmt schon, Maria ist gar nicht so übel. Und ihren Bruder kenne ich eigentlich gar nicht. Aber ihre Schwester ist echt nervig. Die tut immer so supertoll.« Für eine Sekunde verfinsterte sich Kadys Miene. »Egal. Ist ja nicht so, als wäre ich besonders oft in diesem Viertel unterwegs. Kann schon sein, dass es da ganz anders ist.«

»Es ist ganz anders«, bestätigte ich.

»Okay.« Kady atmete tief ein. »Cam sagt auch immer, ich soll nicht ständig über Sachen reden, von denen ich keine Ahnung habe. Das sollte ich mir echt mal hinter die Ohren schreiben, was?« Sie lächelte verunsichert. »Aber wenn ich von jetzt an ein netterer Mensch bin oder wenn ich's wenigstens versuche, kommst du dann zur Boutique mit?«

Ich konnte es nicht fassen. Ich hatte fest damit gerechnet, dass Kady ab diesem Moment kein Wort mehr mit mir sprechen würde. »Äh … okay?«, sagte ich, obwohl ich mit Schmuck nicht viel anfangen konnte. »Klingt doch lustig.«

Es wurde wirklich lustig. Oder einigermaßen lustig. Ich hatte zwar keine Lust auf Shopping, aber wenn Kady mal nicht am Lästern war, konnte sie ziemlich witzig sein. Erst gingen wir in die einzigen drei Geschäfte an der kleinen Hauptstraße, die sich Kadys Ansicht nach lohnten, und danach schleppte sie mich zu einem Friseursalon neben der Bank.

»Ich brauche einen Friseurtermin«, meinte Kady und beäugte dann kritisch das Haarwirrwarr auf meinem Kopf. »Und du solltest vielleicht auch gleich einen ausmachen. So eine schicke neue Sommerfrisur würde dir sicher gut stehen.«

Da hatte ich meine Zweifel, aber ich ließ Kady trotzdem einen Termin für mich vereinbaren, gleich im Anschluss an ihren Termin am nächsten Tag. Und wer hätte das gedacht? Ich fand meine kurze »Sommerfrisur« wirklich cool!

Am Mittwoch hatte ich furchtbare Sehnsucht nach den Delfinen. Ich war immer noch nicht in die Bucht zurückgekehrt. Stattdessen war ich mit Cam am Strand gewesen oder Kady und ich hatten zusammen Filme geschaut und uns gegenseitig die Zehennägel lackiert.

Aber am Mittwoch schnappte ich mir gleich nach dem Mittagessen das Fernglas. »Ich gehe kurz zum Ausguck«, sagte ich zu Kady. »Vielleicht sind ja ein paar Delfine zu sehen. Kommst du mit?«

Kady rümpfte die Nase. »Nein danke.«

Also stand ich kurz darauf allein am Aussichtspunkt. Ich blieb eine ganze Stunde lang und suchte ununterbrochen die Wellen ab, aber Delfine entdeckte ich keine.

Schließlich gab ich es auf. Die Versuchung war groß, kurz in der Bucht vorbeizugehen – vielleicht waren ja Wave und die anderen zu Besuch? Doch in der Bucht hätte ich mich am Ende wieder mit Maria zoffen müssen und darauf hatte ich keine Lust. Da ging ich doch lieber nach Hause.

16

Maria

Die Vargas-Zwillinge machten mir zwar das Leben zur Hölle, aber sie waren auch die perfekte Ablenkung. Dreimal in der Woche hatte ich mehrere Stunden lang überhaupt keine Zeit, an das Kunstseminar zu denken. Oder an meinen Streit mit Avery. Oder daran, dass Wave sich diese Woche kein einziges Mal in der Bucht hatte blicken lassen.

Andererseits verbrachte ich auch nicht mehr so viel Zeit in der Bucht wie früher. Denn so naiv und kindisch, wie Avery nun mal war, hatte sie am Ende immer noch nicht begriffen, dass sie dort nichts mehr zu suchen hatte …

Am Montag versuchte ich mir deshalb einzureden, der Babysitting-Job wäre meine Rettung. Aber von wegen. Als Mrs Vargas am Mittwoch nach Hause kam, sehnte ich mich nach Ruhe und Frieden wie noch nie. Sobald ich fertig war mit dem Monstersitting, lief ich zur Bucht.

Mit dunklen Vorahnungen stieg ich hinab zum steinigen Strand. Wahrscheinlich wartete Avery schon unten auf mich. Wahrscheinlich hopste sie dort auf ihre alberne Art von einem Bein aufs andere und wollte ganz dringend mit unserer nächsten Surfstunde loslegen.

Aber nein, von Avery fehlte jede Spur. War das eine Erleichterung! Trotzdem war ich auch ein bisschen enttäuscht. Anscheinend dachte sie gar nicht mehr an mich.

Am Anfang waren keine Delfine zu sehen, doch nachdem ich eine Weile gesurft hatte, kamen mehrere vorbei. Ich paddelte so nah zu ihnen, wie ich mich gerade noch traute, und versuchte, mich von ihrer Lebensfreude anstecken zu lassen. Aber eines fiel mir sofort auf: Wave war wieder nicht dabei. Das machte mir Sorgen. Hatte er mich auch vergessen, genau wie Avery? Oder stimmte etwas nicht mit ihm? Die Erinnerung an diese angebliche Beule an Waves Bauch meldete sich wieder.

Ich schloss die Augen und stellte mir den sorglosen,

fröhlichen Delfin von meiner Zeichnung vor. Aber dadurch fiel mir nur wieder ein, dass ich noch eine E-Mail ans College schreiben musste, um das Kunstseminar abzusagen. Das hätte ich natürlich schon längst hinter mich bringen sollen, aber ich hatte es nicht eilig. Bevor ich es offiziell machte, wollte ich mich noch ein paar Tage lang in meinem Selbstmitleid suhlen.

In dieser Nacht träumte ich wieder den Delfintraum. Auch Avery kam darin vor und so musste ich es am Donnerstagmorgen wohl oder übel einsehen: Avery fehlte mir.

Eigentlich war das verrückt. Wir waren doch so verschieden. Aber an unseren vielen sonnigen Tagen in der Bucht war Avery still und heimlich zu einem Teil meines Lebens geworden – ich hatte sie überredet, sich ins Wasser zu trauen und sich ihren Ängsten zu stellen, gemeinsam hatten wir die Delfine beobachtet … an Iggy und Carmen kam sie nicht heran, doch wenn ich überhaupt so etwas wie eine Freundin gefunden hatte, seit die beiden weggezogen waren, dann war es Avery. Trotz ihrer nervigen Angewohnheit, sich in Dinge einzumischen, die sie nichts angingen …

Nach dem Frühstück machte ich mich mit dem Fahrrad auf den Weg in Averys Stadtviertel. Ich hatte sie nie zu Hause besucht, genauso wenig wie sie mich, aber ich wusste, wo Kady wohnte. In der vierten Klasse hatten ihre Eltern eine große Party für die Schultheatergruppe geschmissen. Kady hatte damals natürlich die Hauptrolle gespielt und ich hatte beim Malen der Kulissen geholfen. Meine Eltern wollten unbedingt, dass ich hinging. Weil auch Iggy dort gewesen war, wurde es dann halb so schlimm, aber ich hatte nie vergessen, wie angewidert Kady beim Anblick von Moms *Cocadas*-Kokosbällchen die Nase gerümpft hatte. Dabei hatte Mom deswegen stundenlang in der Küche gestanden.

Ich hatte die Center Street gerade erst hinter mir gelassen, da entdeckte ich einige Meter vor mir Avery und Kady. Die beiden gingen in meine Richtung, hatten mich aber noch nicht bemerkt. Sie steckten die Köpfe zusammen und kicherten, wahrscheinlich über irgendetwas auf Kadys Handy. Sie hatten wirklich exakt dieselbe Haarfarbe, ein von der Sonne ausgeblichenes Rotbraun. Außerdem waren Averys Haare kürzer als letztes Mal. Sie hatte fast die gleiche Frisur wie Kady.

Ich bremste und schob mein Fahrrad hinter einen

Lieferwagen am Straßenrand. Bestimmt würden die beiden jeden Moment vom Handy aufschauen und sie durften mich auf keinen Fall sehen – vor allem Kady nicht. Mucksmäuschenstill wartete ich ab, während die Cousinen weiter auf mich zugingen. Ich hörte, wie sie sich unterhielten. Es redete fast nur Kady. Sie erzählte Avery von den Jungen und Mädchen in unserer Klasse und erklärte ihr, mit wem sie sich am besten anfreunden sollte. Ich war natürlich nicht dabei.

Erst nach einer halben Ewigkeit waren Kady und Avery an mir vorbeigegangen. Aber Hauptsache, sie hatten mich nicht bemerkt. Als die beiden in die Center Street einbogen, raste ich schon wieder nach Hause. Ich nahm sogar einen Umweg, denn ich wollte den beiden auf gar keinen Fall noch einmal begegnen.

17

Avery

»*It never rains in Southern California*«, stimmte ich in das Lied aus dem Radio ein, als ich mich am Sonntag an den Frühstückstisch setzte. Gleichzeitig rüttelte die nächste Windbö am Fenster. »Voll gelogen, was?«

»Na ja, es regnet hier wirklich sehr selten, also zu dieser Jahreszeit.« Mit einem Lachen reichte Onkel Phil mir ein Glas Orangensaft. »Aber jetzt geht's anscheinend gleich los. Ich glaube, ihr habt uns das schlechte Wetter aus dem Mittleren Westen mitgebracht.«

»Kann schon sein«, erwiderte Mom fröhlich, während sie weiter in ihrem Immobilienkatalog blätterte und am Kaffee nippte. »Dann ist heute mal Surfpause, Cam?«

»Pause? Nie im Leben!« Hastig schluckte Cam seine Cornflakes hinunter. »Bei dem Wetter gibt's doch die härtesten Monsterwellen! Das wird dermaßen abgehen heute! Bist du dabei, Avery?«

Kady sah von ihrem Handy auf. »Avery hat schon was vor. Wir wollen zur Mall, Schuhe anprobieren.«

»Ach, ich finde doch sowieso nie was Passendes … und es passt mir heute auch nicht so gut«, sagte ich und lächelte gequält.

Kady ließ sich nicht mal zu einem kleinen Lachen verleiten. »Wie? Willst du nicht mit?«

»Heute nicht.« Seit Kady vor einer Woche entschieden hatte, dass sie mich doch ganz gut leiden konnte, hatten wir wirklich Spaß miteinander gehabt – aber meistens bei ihren Lieblingsbeschäftigungen. Und heute hatte ich eben keine Lust auf Shopping, Tratschen und Ähnliches.

Mit Cam surfen gehen wollte ich aber auch nicht. Das stürmische Wetter hatte sich schon gestern angekündigt. Als ich zum Aussichtspunkt gegangen war, um Delfine zu beobachten, waren beängstigend große Wellen an den Strand gekracht. Inzwischen kam ich im Meer zwar besser zurecht als früher, aber ich wollte auch nicht zu viel riskieren.

Tante Janice schwirrte durch die Küche, sah ab und

zu nach den brutzelnden Eiern auf dem Herd und räumte nebenbei den Geschirrspüler aus. »Vielleicht können wir heute noch ein paar Häuser besichtigen.« Im Vorbeischwirren tätschelte sie mir die Schulter. »Du kennst ja kein einziges von denen, die wir uns angesehen haben! Willst du denn nicht mitentscheiden, wo du mal wohnst?«

»Doch, klar.« Aber auf Hausbesichtigungen hatte ich heute auch keine große Lust. Nur worauf dann? Irgendwie fiel mir im Moment überhaupt nichts ein.

Nach dem Frühstück setzte ich mich deshalb einfach ins Wohnzimmer und blätterte in Zeitschriften. Ich hörte Mom drüben in der Küche mit dem Immobilienmakler telefonieren.

Cam steckte den Kopf durch die Tür. »Hey, willst du nicht doch mitkommen?«

»Heute nicht«, sagte ich mit einem Lächeln. »Viel Spaß euch.«

Kady fragte nicht noch mal nach. Ich bekam nur mit, wie sie kurze Zeit später aufbrach und währenddessen schon mit einer Freundin telefonierte. Die Zeitschriften waren auch nicht sonderlich spannend. Irgendwann warf ich sie auf den Tisch und wanderte zum Fenster. Am Himmel hing eine Unheil verkündende Wolkendecke und der Wind fegte fauchend durch die Bäume. Dabei hatte es noch nicht mal angefangen zu regnen. Ich überlegte, zur Bucht zu gehen – an so einem düsteren Tag würde Maria dort wahrscheinlich nicht auftauchen.

Ob die Delfine wohl zu Besuch waren? Sie fehlten mir. Ich konnte sie vom Ausguck aus beobachten, aber es war viel schöner, sie in der Bucht von Nahem spielen zu sehen. Allerdings war es keine verlockende Vorstellung, bei diesem Wetter allein in der Bucht zu sein. Was, wenn mir dort etwas zustoßen sollte? Als ich mich erinnerte, wie Maria mich draußen im Wasser zurückgelassen hatte, prickelte mir ein Angstschauer über den Rücken. Sie war einfach abgehauen und ich war mutterseelenallein im Meer getrieben.

Da ließ mich die Türklingel zusammenzucken. »Ich geh schon!«, rief ich und machte mich auf den Weg.

Dann riss ich die Tür auf – und draußen stand Maria, als hätte ich sie durch pure Gedankenkraft heraufbeschworen. Wenn das keine Überraschung war.

Sie drückte sich ihren Skizzenblock an den Bauch und hinten am Gartentor lehnte ein Fahrrad. »Hi«, sagte sie. »Ähm … bist du noch wütend auf mich?«

»Bist du denn noch wütend auf mich? Du hast mich doch sitzen gelassen, nicht ich dich.«

Maria wedelte mit der Hand, als wäre das jetzt alles

nebensächlich. »Egal. Also es ist so … ich habe Wave seit damals nicht mehr gesehen und langsam mache ich mir Sorgen.«

»Seit wann hast du ihn nicht mehr gesehen?«

»Avery?«, rief meine Tante von drinnen. »Wer ist da?«

»Ist für mich!«, antwortete ich, trat ins Freie und schloss die Tür. Sofort blies mir der Wind um die Ohren. Ich bibberte in meinem dünnen T-Shirt. »Also seit wann?«

»Seit damals, als du … na ja, als ich …« Maria zuckte die Schultern. »Seit wir uns das letzte Mal gesehen haben.«

»Oh.« Ich rechnete es schnell im Kopf nach. »Das heißt ja … bist du dir sicher? Das wäre über eine Woche!«

»Ich weiß.« Die Sorgenfalte in Marias Stirn vertiefte sich. »Deshalb bin ich doch hier.«

Jetzt machte ich mir auch Sorgen. Ich dachte nach – wann hatte ich den schwarz-weißen Delfin das letzte Mal vom Aussichtspunkt aus gesehen? Ich konnte mich nicht mal mehr daran erinnern. War das wirklich schon so lange her?

»Ich hoffe, ihm geht's gut.« Natürlich fiel mir gleich die seltsame Beule an Waves Bauch ein. »Komm, wir schauen noch mal in der Bucht nach. Bei dem Wetter haben sich die Delfine ja vielleicht dorthin zurückgezogen, oder?«

Ich flitzte ins Haus, sagte Mom Bescheid, wohin ich wollte, und fragte, ob ich mir ein Fahrrad ausborgen könnte. Tante Janice gab mir Kadys Rad, das sowieso seit längerer Zeit nur herumstand. Es war ein pinkfarbenes Damenrad und am Lenker hing ein weißer Weidenkorb mit Klappdeckel.

»Todschick«, sagte Maria nur, als ich das Ding aus der Garage schob.

Ich verdrehte die Augen. »Willst du deinen Skizzenblock vielleicht in den Korb packen?« Maria versuchte nämlich gerade, sich den Block vorne in die Shorts zu klemmen. Ich klappte den Korb auf. Bis auf ein paar staubige Spinnweben war er leer.

Nach kurzem Zögern legte Maria ihren Block hinein und ich warf das Fernglas dazu. Das könnten wir vielleicht gut gebrauchen.

»Dann mal los.« Maria marschierte zu ihrem Fahrrad. »Es fängt bestimmt gleich an zu regnen.«

Wir strampelten eilig zur Bucht und ließen unsere Fahrräder am Eingang zum Pfad liegen. Unten am Strand blies der Wind nicht ganz so stark, die Gischt spritzte aber trotzdem meterhoch durch die Luft. Ich kniff die Augen zusammen und studierte die Bucht.

»Siehst du irgendwas?«, fragte ich und machte einen Schritt zum Wasser.

Maria schüttelte den Kopf. »Hätte ich mal mein Surfbrett mitgenommen … von hier aus kann man ja kaum was erkennen. Vielleicht sollten wir ein Stück rausschwimmen.«

»Nein«, sagte ich schnell. Mein Blick huschte zu den schäumenden, brodelnden Wellen. »Da draußen sind keine Delfine, das sieht man doch. Ich finde, wir sollten vom Ausguck aus nachschauen.«

»Auf die Idee bist du vorhin wohl nicht gekommen? Wir waren doch praktisch schon am Ausguck«, murmelte Maria genervt. Aber dann warf sie theatralisch die Arme hoch. »Okay, fahren wir halt zurück.«

Ich biss mir auf die Unterlippe. Es war klar, was Maria nun von mir dachte – sie hielt mich für einen totalen Angsthasen. Aber davon durfte ich mich nicht ablenken lassen. Wave brauchte vielleicht dringend unsere Hilfe. Jetzt war keine Zeit für blöde Streitereien.

Eine halbe Stunde lang beobachteten Maria und ich vom Aussichtspunkt aus die Wellen, dann verscheuchte uns der Wind. Er zischte immer heftiger um die

Klippen. Und obwohl wir uns mit dem Fernglas abwechselten, hatten wir zwischen den paar Delfinen, die einmal weit draußen vorbeischwammen, nie unseren gefleckten Freund entdecken können.

Maria und ich schoben unsere Fahrräder den Bürgersteig entlang. »Was denkst du, wo Wave hin ist?«, fragte ich.

»Ich weiß es nicht«, sagte Maria. »Wir können wohl nur abwarten und hoffen, dass er bald wieder vorbeikommt.«

Für ein paar Sekunden sahen wir uns an und in Marias dunklen Augen spiegelten sich meine eigenen Sorgen. Was war nur mit Wave passiert?

18

Maria

Am Sonntagabend hatte es schon angefangen zu regnen. Im Haus waren alle Fenster geschlossen, es war stickig und viel zu voll. Ja, vor allem die vielen Leute gingen mir auf die Nerven. Wie so oft hatte die halbe Stadt heute nichts Besseres zu tun, als bei uns zu Abend zu essen. Meine *abuelita* hatte nicht nur Aggie mitgebracht, sondern auch noch eine Freundin vom Gemeindezentrum. Tia Teresa und ihre Familie waren diesmal besonders gesprächig. Gil, mein Cousin zweiten Grades, war vom College herübergefahren, weil er das Mensaessen nicht mehr sehen konnte. Dann kam auch noch ein Squash-Kumpel von Papa vorbei, und zwar mit seiner viel jüngeren Freundin, die über jede noch so blöde Bemerkung kicherte. Meine Mutter hatte zwei alleinstehende Frauen von der Kirche eingeladen, zwei Freundinnen von Josie waren auch mit dabei und ganz dicht neben Nico saß natürlich Sofia.

Die vielen Leute passten kaum in unser Esszimmer. Am Schluss musste ich mich mit dem vierjährigen Oscar und Josies Bande an den Extratisch setzen und für die älteren Mädchen war es ganz selbstverständlich, dass ich meinen Neffen bei Laune hielt. So musste ich mir fast den ganzen Abend lang anhören, wie Oscar voller Begeisterung von irgendeinem Handyspiel erzählte.

Das war allerdings gar nicht so schlimm. Keine Ahnung, ob Oscar es einfach nicht merkte, wenn ich ihm nicht zuhörte, oder ob es ihm egal war – so oder so konnte ich beim Abendessen in Ruhe über Wave nachdenken. Seit ich Avery von meinen Sorgen berichtet hatte, ging es mir ein bisschen besser, aber auch nicht viel. War Wave überhaupt mal für mehrere Tage am Stück verschwunden? Eher nicht. Okay, in letzter Zeit war ich nicht so oft in der Bucht gewesen wie üblich … und trotzdem, dass weder Avery noch ich seit unserem Streit auch nur die winzigste Spur von ihm entdeckt hatten, war doch sehr merkwürdig. Ob Wave die schlechte Stimmung zwischen uns gespürt und sich deshalb in angenehmere Gefilde aufgemacht hatte? Oder lag es daran, dass ich meine Eltern nicht von dem Kunstseminar hatte überzeugen können? War Wave enttäuscht von mir?

Ich schüttelte den Kopf. Was fantasierte ich mir da für einen Unsinn zusammen! Und trotzdem krochen mir diese albernen Gedanken immer wieder hartnäckig in den Kopf, wie Ameisen in eine Wassermelone.

»Was?« Oscar dachte, ich hätte über seine superspannende Erzählung den Kopf geschüttelt. »Doch, ich habe den Highscore wohl geknackt! Das kannst du mir echt glauben, Maria!«

Sein weinerlicher Ausruf übertönte sogar den Lärm am großen Tisch und brachte Tia Teresa dazu, sich zu uns umzudrehen. »Alles in Ordnung bei euch, mein Schätzchen?«, flötete sie.

Josie lächelte. »Keine Sorge, Oscar ist in besten Händen. Maria ist doch seit Neuestem Profi-Babysitterin!«

»Ja, dank ihrer großen Schwester«, sagte Papa und sah Josie und mich stolz an.

Plötzlich starrten alle in meine Richtung und ich zuckte zusammen. Von diesem Augenblick an prasselten unzählige Fragen über meine Babysitting-Karriere auf mich ein. Und mir fiel auf, dass kein Mensch das Kunstseminar erwähnte, nicht mal nebenbei – als hätten meine Eltern unser Gespräch vom Samstagvormittag einfach aus ihrem Gedächtnis gestrichen. Vermutlich hatte meine Mutter nicht mal Tia Teresa davon erzählt und die musste sonst doch von jedem Pups erfahren.

Bei diesem Regen war leider gar nicht daran zu denken, mich nach dem Essen aus dem Haus zu schleichen und zur Bucht zu laufen. Aber wenigstens ging Josie mit ihren Freundinnen ins Kino, ich hatte unser Zimmer also für mich allein. Ich würde mich dort verkriechen und ein bisschen zeichnen. Dann musste ich nicht so viel grübeln.

Da gab es nur ein kleines Problem. Mein Skizzenblock steckte nicht im Rucksack und lag auch nicht in der Nachttischschublade oder auf dem Schreibtisch. Wo war er nur hin?

Ich hockte mich auf die Bettkante und ging in Gedanken den zurückliegenden Tag durch. Wo könnte ich den Block liegen gelassen haben? In der Bucht? Ich hatte ihn ja schon öfter am Strand vergessen …

Als ich die Regenschlieren am Fenster sah, schnitt ich eine deprimierte Grimasse. Sollte der Block wirklich am Strand liegen, wäre er mittlerweile völlig durchweicht.

»Was soll's«, murmelte ich. »Da kann ich jetzt auch

nichts mehr dran ändern. Muss ich eben morgen nachschauen.«

Statt zu zeichnen, schlug ich das Büchereibuch auf, das ich mir für die Arbeit an den letzten Details meiner Wave-Zeichnung ausgeborgt hatte. Ich blätterte es durch und schaute mir die hübschen Fotografien an, bis ich ganz hinten auf den Ausleihbeleg stieß. Die Leihfrist war vor ein paar Tagen abgelaufen.

Mit einem Stöhnen rollte ich mich zur Seite und schob das Buch in den Rucksack. Ich musste es gleich morgen zur Bücherei bringen. Das einzig Gute war, dass ich die Strafgebühr dank meines Babysitting-Jobs selbst bezahlen konnte, statt meine Eltern anbetteln zu müssen.

Das war aber auch der einzige Lichtblick an diesem düsteren Tag.

Auch der Montag brachte Wind und Wolken, nur der Regen machte zumindest kurz Pause. Gleich nach dem Frühstück lief ich zur Bucht, doch meinen Skizzenblock fand ich dort nicht und ich sah auch keine Delfine.

Also ging ich weiter zu unserer kleinen Stadtbücherei. Die Bibliothekarin, eine Weiße mit strengem Blick und langer Nase, beobachtete leicht misstrauisch, wie ich die Scheine und Münzen für die Gebühr aus der Tasche kramte. Ich hatte gerade bezahlt, da rief jemand meinen Namen.

Es war Zach O'Malley. Zach ging in meine Klasse, hatte rotblonde Haare mit einem widerspenstigen Wirbel in der Mitte und immer ein breites Grinsen auf den Lippen. Kaum ein Junge aus meiner Klasse redete mit mir, aber Zach schon, weil wir letztes Jahr zusammen Kunst gehabt hatten und ihm meine Zeichnungen aufgefallen waren. Zach selbst konnte nicht mal ein Strichmännchen mit einigermaßen korrekten Proportionen malen, im Modellieren war er jedoch phänomenal gut. Aus simplen Tonklumpen formte er umwerfend lebensechte Tiere und Menschen.

»Maria!«, rief er und eilte mir entgegen, als ich gerade vom Tresen wegging. »Wie geht's so? Rat mal, was es Neues gibt!«

Das war typisch Zach. Er redete ununterbrochen, selbst wenn er eigentlich gerade eine Frage gestellt hatte. Auch diesmal brauchte ich gar nichts zu sagen.

»Ich mache im Herbst bei diesem Kunstseminar am College mit!« Er strahlte mich an.

»Echt?«, sagte ich verblüfft. »Die haben dich genommen?«

»Ja.« Zach grinste so begeistert, dass sein ganzes Gesicht aus Zähnen zu bestehen schien. »Ich habe ihnen ein paar Fotos von meinem Kram geschickt und da haben sie mich praktisch angefleht, doch bitte, bitte mitzumachen!«

Ich setzte ein künstliches Lächeln auf. »Gratuliere!«

»Und du?« Zach gab mir einen Stoß gegen den Arm, was wahrscheinlich nett gemeint war, aber trotzdem ein bisschen wehtat. »Hast du dich auch beworben?«

»Nein, nein«, sagte ich hastig. »Für so was habe ich keine Zeit. Und ich muss auch gleich weiter. Bis dann!«

»Tschüs!«, rief er mir noch hinterher, während ich mich nach hinten zwischen die Bücherregale verzog. Vor lauter Verwirrung kam ich gar nicht auf die Idee, einfach an Zach vorbei aus der Büchereitür zu laufen.

Stattdessen lungerte ich zwischen den Regalen herum, bis Zach wieder gegangen war, schaute mir Delfinbücher an, die ich längst in- und auswendig kannte, und kam mir vor wie der lächerlichste Mensch der Welt.

19

Avery

Als ich am Montagmorgen aufwachte, konnte ich mich nicht daran erinnern, was ich geträumt hatte. Trotzdem war ich merkwürdig unruhig. Vielleicht war nur das Wetter schuld, der Wind hatte nämlich fast die ganze Nacht ums Haus gepfiffen. Meine Gedanken schweiften aber sofort zu Wave, und so wollte ich gleich nach dem Frühstück zum Aussichtspunkt gehen. Cam lud mich wieder zum Surfen ein, doch dafür war ich jetzt viel zu abgelenkt, und bei diesem Wetter wären mir die Wellen wahrscheinlich sowieso zu groß gewesen.

Kurz darauf machte ich mich fertig zum Gehen. Nur wo war das Fernglas? Dann fiel es mir wieder ein – das Ding lag noch in Kadys Fahrradkorb!

Ich ging in die Garage, öffnete den Korb und machte große Augen. Unter dem Fernglas lag Marias Skizzenblock.

»Den hat sie wohl vergessen«, murmelte ich und schlug den Block auf. Auch im dämmerigen Licht der Garage sahen Marias Zeichnungen keinen Deut schlechter aus als im strahlenden Sonnenschein der Bucht. Maria war wirklich extrem talentiert. Jammerschade, dass ihre Familie das nicht einsehen wollte!

Aber bestimmt suchte sie schon überall nach ihrem Block. Ich blätterte nach vorne und entdeckte auf der Innenseite des Umschlags ihren Namen und ihre Adresse in winzigen sauberen Buchstaben. Da beschloss ich, ihr den Block vorbeizubringen und sie dabei gleich zu fragen, ob wir wieder gemeinsam nach Wave suchen wollten.

Mit dem Fahrrad brauchte ich nur ein paar Minuten bis in Marias Gegend. Diesmal bog ich früher ins Landesinnere ab, statt immer nur am Meer entlangzufahren wie auf dem Weg zur Bucht, und gelangte deshalb tiefer ins Stadtviertel. Maria wohnte in der West Manzanilla Street. Ich fuhr langsamer und studierte jedes einzelne Straßenschild.

Die paar Leute, die um diese Uhrzeit unterwegs waren, beobachteten fast alle neugierig, wie ich an ihnen vorbeirollte. Als ob sie alle auf den ersten Blick erkannt hätten, dass ich hier nicht hingehörte … Instinktiv dachte ich an Kadys und Cams Bemerkungen über dieses Viertel.

Aber ich erinnerte mich auch an Marias Worte. Und wer wohnte denn hier, Kady und Cam oder Maria? Nein, es gab keinen Grund zur Sorge. Ich wollte doch nur eine Freundin besuchen.

Neben einem alten Mann, der am Straßenrand sein Auto wusch, bremste ich. »Hallo, entschuldigen Sie bitte?«, rief ich so freundlich wie möglich. »Ich bin auf der Suche nach der …«

Weil der Mann einen starken Akzent hatte, verstand ich ihn zuerst nicht richtig. Aber er war sehr nett und nachdem ich ihm Marias Adresse zweimal aufgesagt hatte, zeigte er mir die richtige Richtung.

Der alte Mann hatte mir den Weg gut beschrieben. Bald hielt ich vor einem einstöckigen, weiß verputzten Haus mit Fensterläden in fröhlichem Blau und einem blühenden Strauch im Vorgarten. Auf dem Briefkasten stand die Hausnummer. Hier wohnte Maria also.

Ich nahm den Skizzenblock aus dem Fahrradkorb, lehnte das Rad an den Briefkasten und klopfte.

»Komme!«, rief eine Mädchenstimme von innen. Aber nach Maria klang es nicht.

Es war auch nicht Maria. Eine Sekunde später öffnete mir ein Mädchen im Teenageralter die Tür.

»Oh!«, rief ich. »Wir kennen uns doch!«

Das Mädchen kam mir wirklich sehr bekannt vor – es war die Joggerin, die mir damals den Weg zur Bucht verraten hatte! Das hätte ich mir eigentlich denken können, schließlich hatte Maria schon ein paarmal ihre superbeliebte und supersportliche Schwester erwähnt. Außerdem hatte mir die Joggerin damals erzählt, dass ihre kleine Schwester andauernd in der Bucht herumhing, und außer Maria und mir verirrte sich offensichtlich kein Mensch dorthin …

»Du bist Josie, oder?«, platzte ich heraus. Währenddessen musterte mich Marias Schwester wie eine völlig Fremde. »Ich bin Avery, eine Freundin von Maria.«

Da wirkte Josie überrascht. »Eine Freundin von Maria?«, wiederholte sie, als hätte ich eine Fremdsprache gesprochen. »Hi, Avery«, sagte sie dann. »Tut mir leid, aber Maria ist nicht da. Soll ich ihr was ausrichten?«

»Danke, ich versuch's einfach später noch mal.« Ich wollte schon wieder gehen. Den Skizzenblock hatte ich die ganze Zeit hinter meinem Rücken versteckt.

Ich konnte ihn ja schlecht an Josie aushändigen – Maria hatte mir immer wieder klargemacht, dass sie ihre Zeichnungen aus Prinzip nie ihrer Familie zeigte.

Aber dann dachte ich noch einmal nach. War das nicht das eigentliche Problem? Wie sollte Marias Familie denn irgendwas kapieren, wenn sie Marias Zeichnungen gar nicht kannte? Vielleicht ließen sie Maria nur deshalb nicht zu dem Kunstseminar gehen?

»Das heißt«, sagte ich und drehte mich wieder um. Josie hatte schon die Tür schließen wollen. »Gibst du ihr bitte den hier?« Ich hielt ihr den Skizzenblock hin. »Sie hat ihn in meinem Fahrradkorb vergessen und bestimmt sucht sie schon danach.«

»Ist das nicht Marias hochheiliger Kritzelblock?« Josie nahm ihn entgegen. »Den hat sie doch immer und überall dabei … und jetzt hat sie ihn einfach bei dir vergessen? Das wundert mich aber.«

»Mich auch!« Ich streckte die Hand aus und schlug den Block irgendwo auf. »Aber ihre Zeichnungen sind echt der Wahnsinn, was? Kaum zu glauben, dass eure Eltern sie nicht zu diesem Kunstseminar lassen wollen!«

»Welches Kunstseminar?«, fragte Josie eher desinteressiert.

Ich erzählte ihr das Wichtigste. »Und obwohl sich

da so viele Leute auf so wenige Plätze bewerben, hat Maria es geschafft«, sagte ich zum Schluss. »Aber sie hat ja auch eine geniale Zeichnung hingeschickt. Hier, schau mal …«

Für einen Moment nahm ich Josie den Block wieder ab und schlug ihn hinten auf, bei der Kopie von Marias Wave-Bild. Josie studierte die Zeichnung ausführlich und blätterte dann noch einmal zurück. Manche Seiten betrachtete sie länger als andere.

»Wow«, hauchte sie irgendwann. »Die sind ja richtig gut. Und die sind wirklich von meiner kleinen Schwester?«

»Von wem sonst?«, sagte ich nur. »Aber eure Eltern haben sie noch nie zu sehen bekommen, was? Vielleicht hätten sie ihr dann das Kunstseminar erlaubt.«

»Ja, vielleicht.« Josie sah sich eine Zeichnung von einigen Vögeln auf einer Hochspannungsleitung an. »Wenn ich ihnen den Block hier zeige, überlegen sie sich's vielleicht noch mal.«

»Könnte sein, was?« Ich unterdrückte mein Grinsen, so gut es ging, verabschiedete mich und fuhr davon. Dabei hätte ich eigentlich zu gerne miterlebt, wie Maria davon erfuhr, dass sie vielleicht doch an dem Seminar teilnehmen könnte. Was sie wohl für ein Gesicht machen würde!

Nach dem Mittagessen besserte sich das Wetter ein bisschen. Es hingen zwar immer noch einige Wolken am Himmel, aber ich lief trotzdem gleich mit meinem Surfbrett zur Bucht. Ich wollte einfach wissen, ob Marias Eltern es sich anders überlegt hatten. Maria war nicht da. Ich hockte mich in den Sand, um Delfine zu beobachten, doch es waren keine zu sehen. Dafür stritten sich zwei Möwen um einen schwimmenden Algenklumpen, das war auch ganz witzig.

Nach einer Weile hörte ich Schritte auf dem Pfad. Ich sprang auf und sah Maria mit hochrotem Gesicht auf den Strand stapfen.

»Avery!«, schrie sie mich sofort an und schleuderte ihr Surfbrett so kräftig in den Sand, dass es einen kleinen Hüpfer machte. »Wie konntest du nur?!«

»Was?« Ich wich vor ihr zurück. Die Wut in Marias Augen jagte mir fast ein bisschen Angst ein.

Maria ballte die Fäuste. »Dazu hattest du kein Recht! Wie kommst du auf die Idee, Josie meinen Skizzenblock zu geben? Der geht meine Familie nichts an, das habe ich dir tausendmal gesagt!«

»Es tut mir leid«, stammelte ich. »Ich wollte dir doch nur einen Gefallen tun. Ich dachte …«

»Also an mich hast du dabei jedenfalls nicht gedacht«, zischte Maria vorwurfsvoll. »Sonst hättest du das niemals getan.«

»Doch, wirklich.« Ich musste es ihr irgendwie erklären. »Du hast mir doch so viel geholfen, mit dem Surfen und überhaupt, da wollte ich auch mal was für dich tun.«

»Na, schönen Dank auch.« Maria starrte mich zornig an. »Halt dich gefälligst aus meinem Leben raus, okay? Und komm bloß nicht noch mal angerannt!«

»Warte!«, rief ich.

Doch es war zu spät. Maria stampfte bereits den Pfad hinauf. Sie hatte nicht mal ihr Surfbrett mitgenommen.

Mitten auf dem Strand ließ ich mich fallen. In meinen Gedanken ging es drunter und drüber. Ich hatte Maria helfen wollen, aber jetzt war alles viel schlimmer als zuvor. Jetzt würde Maria nie mehr mit mir reden. Ich hatte in diesem komischen Kalifornien genau eine richtige Freundin gefunden, und die war ich jetzt los.

Ich vergrub das Gesicht in den Händen und ließ meinen Tränen freien Lauf. Dass es im selben Moment wieder zu nieseln anfing, war mir wirklich vollkommen egal.

20

Maria

Immer noch stinkwütend stieß ich die Haustür auf und stampfte mir auf der Fußmatte das Regenwasser von den Klamotten. Aus dem Wohnzimmer waren Stimmen zu hören. Ich warf einen Blick hinein. Dort drinnen saßen Josie und Mom und beugten sich gemeinsam über meinen Skizzenblock.

Meine Hände verkrampften sich und wieder regte ich mich unglaublich über Avery auf. Und auch über mich selbst. Als Josie mir von Averys Besuch erzählt hatte, hätte ich ihr einfach den Block aus den Händen reißen sollen! Aber nein, ich musste ja blindlings aus dem Haus stürmen! Und wieso hatte ich den Block überhaupt in Averys Fahrradkorb vergessen? Ich war so dumm. So dumm, dumm, dumm …

Aber der ganze Ärger brachte jetzt auch nichts mehr. Wenn es nach den anderen ging, gehörte der Block nun der ganzen Familie und bestimmt würden Mom und Josie gleich genüsslich über meine Zeichnungen herziehen. Ich wappnete mich innerlich.

Da entdeckte mich meine Mom. »Maria! Schön, dass du da bist! Mensch, diese Zeichnungen ... wieso hast du uns die nie gezeigt? Die sind ja wundervoll!«

»Sag's ihr, Mom«, drängelte Josie. »Sag ihr, dass du noch mal über dieses Kunstdings nachdenken willst.«

»Was?« Ich verstand die Welt nicht mehr. Mein Zorn rannte sozusagen mit vollem Karacho gegen eine Felswand. »Du ... du willst noch mal darüber nachdenken?«

»Ja, vielleicht«, sagte Mom vorsichtig. »Also natürlich muss ich erst mit deinem Vater darüber sprechen.«

»Ich rede auch mit Papa!«, rief Josie mit ihrer typischen Zuversicht – typisch für ein Mädchen, das immer bekam, was es wollte. »Wenn er sieht, wie viel Talent du hast, muss er einfach mitmachen. Hey, deine Bilder könnten doch locker im Museum hängen!«

Woher wollte sie das eigentlich wissen? Wenn ich mich richtig erinnerte, hatte Josie kein Museum mehr von innen gesehen, seit Opa sie vor langer Zeit mal zu einem unserer Ausflüge mitgeschleppt hatte. Aber ihr Lob tat mir trotzdem gut. Ich hatte nur gar keine Zeit, mich richtig darüber zu freuen. Ich musste dringend herausfinden, ob ich mich noch in der Realität befand oder ob ich Wahnvorstellungen hatte. Ob meine Mom das eben wirklich gesagt hatte. Ob ich wirklich eine Chance hatte.

»Im Museum?«, wiederholte ich. »Na, ich weiß ja nicht.« Dann sah ich meine Mom an. »Aber wenn du mit Papa redest, sag ihm, dass ich bestimmt fast die ganze Teilnahmegebühr selber zahlen kann. Wenn Oma Vargas zurück ist, finde ich bestimmt einen anderen Babysitting-Job. Dann habe ich bis zum Herbst genug verdient.«

»Von mir bekommst du auch was«, sagte Josie. »Wenn Papa nicht mitmacht, zahle ich einfach den Rest. Ich habe was gespart.«

Da verstand ich endgültig gar nichts mehr. War das wirklich noch die alte Josie? Die Josie, die anscheinend nur am Rande mitbekommen hatte, dass sie eine Schwester namens Maria hatte? Die Zeichnen für Zeitverschwendung hielt und mir andauernd riet, mich doch lieber mit Freunden zu treffen? Die so gar keine Ähnlichkeit mit mir hatte? Die offensichtlich von einem ganz anderen Planeten stammte?

»D-danke«, brachte ich irgendwann heraus.

»Ist doch kein großes Ding.« Josie strahlte mich an. »Du weißt ja, ich habe keinen Plan von Kunst und so. Und ich dachte einfach immer, das wäre mehr so ein Hobby von dir. Aber als ich das hier gesehen habe …«, sie tippte auf meinen Skizzenblock, »… da ist mir klar geworden, wie ernst du das alles meinst. Und das finde ich cool. Da helfe ich gerne.«

Auch Mom wirkte ziemlich beeindruckt von Josies großzügigem Angebot. »Na, so teuer ist dieser Kurs ja nun auch wieder nicht. Aber wenn ich mit eurem Vater rede, sage ich's ihm.«

»Okay«, flüsterte ich. Ich wollte mir noch nicht zu viele Hoffnungen machen. Mom hatte noch nicht *Ja* gesagt, nur *Vielleicht*.

Doch im Vergleich zu unserer letzten Unterhaltung war das schon eine Sensation. Und jetzt, wo Josie hinter mir stand, könnte aus dem *Vielleicht* sogar ein echtes *Ja* werden!

In meinem Inneren flammte immer stärkere Begeisterung auf, mir wurde beinahe übel davon – vor allem, weil sich mit der Freude auch ein paar Schuldgefühle vermischten. Ich musste daran denken, wie ich Avery angeschrien hatte. Das war wohl nicht gerade nett von mir gewesen … Da kam mir ein Gedanke: Wenn man so viel allein war wie ich, konnte man dann andere Menschen vielleicht einfach nicht mehr richtig einschätzen? Bei meiner Schwester hatte ich mich ja auch vollkommen verschätzt. Eventuell war mir bei Avery genau dasselbe passiert? Auf der einen Seite war es wirklich ziemlich unverschämt von ihr gewesen, Josie meinen Skizzenblock zu zeigen. Auf der anderen Seite hatte sie mir einfach nur helfen wollen. Avery war eben ein bisschen übermütig und tollpatschig und immer viel zu optimistisch, aber sie wollte bloß eine gute Freundin sein …

Ein paar Minuten später trat ich wieder vor die Haustür. Eigentlich wollte ich nachsehen gehen, ob Avery noch in der Bucht war. Doch inzwischen hatte es sich richtig eingeregnet, daher war sie wahrscheinlich längst wieder zu Hause. Und anrufen konnte ich sie nicht, ich kannte ja ihre Nummer nicht. Deshalb zog ich mir schnell die Regenjacke über und machte mich mit dem Fahrrad auf den Weg zu Avery. Auf der nassen Fahrbahn rutschten mir fast die Reifen weg. Was sollte ich zu ihr sagen? Ich wusste es nicht, aber irgendetwas würde mir schon einfallen.

21

Avery

Nachdem ich richtig ausgiebig geheult hatte, ging es mir wieder besser. Nur dass mich jetzt fröstelte, denn meine Klamotten waren völlig durchweicht. Es regnete inzwischen in Strömen und vom Meer wehte eine kräftige Brise herüber und kitzelte mich an Armen und Beinen. Ich bekam Gänsehaut.

Ich schnappte mir mein Surfbrett und stapfte zum Pfad. Blöd, dass ich nicht mit dem Fahrrad hier war … jetzt hatte ich eine lange Regenwanderung vor mir. Doch da bemerkte ich eine Bewegung im Augenwinkel – dort drüben schwamm etwas im Wasser! Ich drehte mich um. Die Delfine waren endlich gekommen.

Aber was machten sie da? Ich blinzelte mir die Regentropfen aus den Augen und kehrte neugierig um. In der Bucht schwammen mindestens sechs Delfine, alle in einem Kreis angeordnet. Sie ließen sich auf der Stelle treiben und verschwanden ab und zu unter Wasser.

Und als wieder einer untertauchte, kam dahinter ein schwarz-weiß gesprenkelter Schemen zum Vorschein. Den kannte ich doch!

»Wave!« Mir fiel ein Stein vom Herzen. Also war er doch nicht für immer verschwunden!

Doch im nächsten Augenblick verwandelte sich meine Freude in Sorge. Wieso versammelten sich die anderen Delfine alle um Wave? Und wieso rührte er sich kaum?

Mein Herz trommelte in der Brust. Ich klammerte mich verzweifelt an mein Surfbrett. Was jetzt? Möglicherweise war Wave krank oder verletzt. Hätte ich doch nur mit dem Handy Hilfe holen können! Aber mein Handy hatte hier unten sowieso keinen Empfang, deshalb nahm ich es fast nie in die Bucht mit. Ich überlegte, den Pfad hinaufzurennen und irgendwem zu erzählen, was hier los war, aber das hätte zu lange gedauert. Dann wäre Wave bis zu meiner Rückkehr am Ende schon wieder verschwunden gewesen.

Eigentlich war mir klar, was ich zu tun hatte. Als ich

die Brandung studierte, musste ich schlucken. Plötzlich kamen mir die Wellen sechs Meter hoch vor. Automatisch malte ich mir aus, wie sie mich unter Wasser drückten und auf den Meeresgrund pressten … Ich schloss die Augen.

»Nein«, sagte ich laut. »Das hast du hinter dir.«

Ich machte mir noch mal Mut und stürmte ins Meer. Die Wellen wirkten nicht nur von Weitem größer und wilder als sonst. Als ich durch eine davon hindurchspringen wollte, fegte sie mich fast von den Beinen. Ich schrie auf. Sofort kam die nächste Welle und riss mir beinahe das Surfbrett aus den Händen.

Ich konnte das Board gerade noch festhalten und bemerkte gleichzeitig, dass ich vor lauter Eile vergessen hatte, es mit der Leash an meinem Knöchel festzuschnallen. Meine Finger krallten sich ins Plastik. In diesem Moment wäre ich um ein Haar wieder umgekehrt, aber ich musste tapfer sein – Wave brauchte Hilfe und außer mir war niemand in Sicht. Er brauchte mich.

Endlich hatte ich die Brandungswellen überwunden. Ich atmete kurz durch, legte mich aufs Board und paddelte hinaus zu den Delfinen. Auch hier draußen war das Meer sehr unruhig, aber daran dachte ich so wenig wie möglich.

»Wave!«, rief ich und wischte mir den Regen aus den Augen. »Ich komme!«

Ob der gefleckte Delfin das gehört hatte? Ich wusste es nicht. Aber seine Freunde hatten es gehört! Mehrere Delfine schoben sich zwischen Wave und mich, bis ich ihn kaum noch erkennen konnte.

»Bitte!« Ich strampelte mit den Beinen, um mein Board an ihnen vorbeizusteuern. »Ich will doch nur helfen …«

Irgendwie konnte ich tatsächlich am ersten Delfin vorbeipaddeln. Seit Wave mir damals geholfen hatte, aus dem Wasser zu flüchten, war ich keinem der Tiere mehr so nahe gekommen. Aber heute war es kein schönes, beruhigendes Gefühl, in ihrer Nähe zu sein. Heute hatte ich den Eindruck, sie wollten mich unbedingt von Wave fernhalten.

Denn ich konnte machen, was ich wollte, ich kam einfach nicht richtig an ihn heran. Die anderen Delfine drängten ihn immer wieder in die entgegengesetzte Richtung und schwammen zwischen uns. Doch dadurch manövrierten sie sich nach und nach in eine Einbuchtung, wo sie mir eigentlich kaum noch entwischen konnten.

»Hey!«, rief ich. Aus dem Nichts schoss ein großer

grauer Delfin heran, versperrte mir den Weg und rammte dabei sogar die Spitze meines Surfbretts.

Ich konnte nicht mehr rechtzeitig reagieren. Als das Board unter mir wegkippte, wollte ich es festhalten, doch meine kalten, nassen Finger rutschten daran ab, und so flutschte es mir durch die Hände, polterte drüben an die Felswand und wurde von den krachenden Wellen mitgerissen. Da würde ich nie mehr drankommen.

22

Maria

Bei Avery zu Hause öffnete mir Kady die Tür. »Was willst du?«

»Ist Avery da?«, fragte ich.

»Nein.« Kady schlug mir die Tür vor der Nase zu.

Das regte mich dermaßen auf, dass ich fast gleich wieder abgedampft wäre. Vielleicht würde Avery ja morgen sowieso in der Bucht auftauchen, obwohl ich es ihr verboten hatte. So stur, wie sie war …

Aber irgendwem musste ich einfach erzählen, dass ich eventuell doch an dem Kunstseminar teilnehmen könnte, und nur Avery würde sich so richtig für mich freuen … falls sie meine Entschuldigung annehmen würde. Deshalb klopfte ich erneut an und diesmal wurde die Tür fast im selben Augenblick aufgerissen.

»Wie gesagt, Avery ist nicht zu Hause«, keifte Kady.

»Wer ist da?«, rief eine andere Stimme aus dem Haus. Es hörte sich nach Kadys Bruder an. Den hatte ich schon öfter gesehen, weil ich früher manchmal am großen Strand surfen gewesen war, aber ich kannte ihn nicht so richtig. Was Avery von ihm erzählt hatte, klang jedoch ganz nett.

»Entschuldigung!«, rief ich möglichst laut und ignorierte dabei Kadys finstere Miene. »Ich müsste wirklich dringend mit Avery reden!«

Da tauchte Cam hinter seiner Schwester auf. Ich war mir nicht sicher gewesen, ob er mich überhaupt wiedererkennen würde, denn in der Schule war er einige Klassen über mir und ich surfte ja kaum noch am großen Strand. Doch er nickte mir gleich freundlich zu. »Oh, du bist's! Wie geht's denn so? Gehst du noch manchmal surfen?«

»Wie man's nimmt«, sagte ich. »Aber gerade bin ich auf der Suche nach Avery.«

»Und ich sage dir jetzt zum dritten Mal, dass sie nicht da ist«, erwiderte Kady in extra herablassendem Tonfall.

Cam spähte überrascht in den Regen. »Was? Sie ist nicht hier und mit dir ist sie auch nicht unterwegs? Wo ist sie dann?«

Als ich die Sorge in seiner Stimme hörte, fiel es mir auch auf – es war wirklich seltsam, dass niemand wusste, wo Avery steckte. Bei so einem Mistwetter kam man doch nicht auf die Idee, mal eben einen kleinen Spaziergang zu machen. Ob sie vielleicht trotz Regen immer noch in der Bucht war?

»Wahrscheinlich ist sie wieder mit meinem Fahrrad abgedüst«, meldete Kady sich zu Wort. »Irgendwie glaubt sie jetzt, das wäre ihr Rad. Dabei hat Mom ihr nur erlaubt, es sich einmal auszuborgen.« Sie schnitt eine Grimasse. »Wozu Mom natürlich sowieso kein Recht hatte.«

Ich achtete gar nicht auf sie und Cam machte es genauso. Er schlüpfte in ein Paar ramponierter Vans. »Schauen wir mal in der Garage nach.«

Während ich hinter ihm herging, blieb Kady einfach in der Haustür stehen und beobachtete uns. Das pinkfarbene Damenrad, mit dem Avery ein paarmal gefahren war, stand in der Garage. Der Deckel des Weidenkorbs hing herunter und der Korb war leer.

»Vielleicht ist sie zum Ausguck gegangen«, überlegte Cam laut und schloss das Garagentor wieder. »Da geht sie öfter hin. Oder wollte sie vielleicht zu mir an den Strand …? Ich habe sie vorhin gefragt, ob sie zum Surfen mitkommen will, aber bei dem Regen bin ich dann doch bald wieder abgehauen. Ich gehe lieber mal kurz dort vorbei.«

»Okay«, sagte ich und wollte ihn schon begleiten. Aber plötzlich sagte mir ein starkes Gefühl, dass Avery weder am Aussichtspunkt noch am Strand war. »Dann schaue ich in der Bucht nach.«

»Wo schaust du nach?« Cam sah mich fragend an. »Ach, du meinst da, wo ihr beide immer zusammen hingeht? Ja, davon hat Aves mal erzählt … Aber bei dem Wetter? Nee, oder? Sie geht doch nicht so gern allein ins Wasser.«

Oh ja, davon konnte ich ein Lied singen! Doch das musste ich Cam ein andermal erzählen. Wir eilten in entgegengesetzte Richtungen davon.

Obwohl es in Strömen regnete, sogar noch stärker als zuvor, war ich in Rekordzeit an der Bucht. Ich schlitterte den Pfad hinunter, der mir irgendwie viel schmaler und steiler vorkam als sonst, und hätte mich dabei vor lauter Hektik ein paarmal beinahe lang hingelegt. Aber irgendwie schaffte ich es mit heiler Haut nach unten. Schnell ließ ich den Blick über den Strand schweifen. Avery war nirgends zu entdecken. Nur mein Surfbrett, das ich vorhin hier vergessen hatte, lag einsam im Sand.

Mein Blick wanderte zum Wasser. Und da war sie.

»Avery!«, schrie ich.

Sie war ziemlich weit draußen. Drüben an der hohen, schroffen Felswand im Süden der Bucht zappelte sie wie ein Fisch im Netz. Mein Herzschlag beschleunigte sich. Bestimmt hatte sie eine Wahnsinnsangst. Wie war sie überhaupt dort hinten gelandet?

Aber das war jetzt nicht wichtig. Ich musste ihr helfen. Ich nahm mein Board und preschte in die Brandung. Erst als ich hinter die höheren Wellen gelangt war, bemerkte ich die ganzen Delfine. Es waren auffällig viele und sie flitzten alle aufgeregt im Kreis herum.

Und genau in ihrer Mitte entdeckte ich Wave. Im ersten Augenblick dachte ich, er wollte Avery wieder helfen wie damals und würde sie zum Ufer schieben. Avery und er schwammen dicht beieinander und sie streckte einen Arm nach ihm aus.

»Keine Angst!«, schrie ich und paddelte noch schneller. »Ich bin bei dir!«

Avery drehte sich zu mir um. »Maria?«, wehte ihre Stimme durch das Platschen und Klatschen der Wellen herüber.

Sobald ich mich näherte, verschwand Wave unter Wasser, genau wie bei seiner letzten Rettungstat. Ich streckte die Hand nach Avery aus, um sie wie damals auf meinem Board zum Ufer zu schleppen. Doch sie wich mir aus.

»Nein, mir geht's gut!«, rief Avery. Ihr Haar klebte nass und dunkel an ihrer Stirn und ihre blauen, weit aufgerissenen Augen schimmerten besorgt. »Ich wollte Wave helfen. Ich glaube, er ist krank oder … oder so.«

Verwirrt zwinkerte ich mir das salzige Spritzwasser aus den Augen. Doch als ich genauer hinsah, kapierte ich endlich, dass Avery gar nicht gegen das Ertrinken kämpfte. Sie hatte auch keine Panik wie früher immer. Nein, sie schwamm ruhig auf der Stelle, drehte sich um die eigene Achse und suchte nach unserem schwarz-weißen Delfinfreund.

»Krank?«, fragte ich. »Wieso? Was hat er denn?«

Avery schwamm zu mir, klammerte sich an mein Board und sog die feuchte Luft ein paarmal tief in die Lunge. »Weiß nicht«, japste sie. »Aber er hat so komisch gezuckt und geächzt und die anderen benehmen sich auch seltsam.«

Ich beobachtete die anderen Delfine. Sie verhielten sich wirklich merkwürdig, sie schnellten im Kreis um uns herum und kollidierten ab und zu miteinander … Hatte Avery also recht? War Wave schwer krank?

23

Avery

Ich klammerte mich an Marias Surfbrett. Es tat gut, kurz durchzuatmen. Doch gleichzeitig machte ich mir immer größere Sorgen um Wave. Wo war er nur hin?

»Vielleicht hast du ihn verscheucht«, sagte ich.

Maria suchte die Bucht mit dem Blick ab. »Aber die anderen Delfine bewegen sich nicht vom Fleck … nein, er muss ganz in der Nähe sein.« Sie ließ sich vom Board rutschen. »Ich tauche kurz runter und schaue nach!«

»Warte, ist das nicht zu –«

Doch Marias Kopf war schon unter Wasser. Ich blieb an der Oberfläche, hielt mich weiter an ihrem Board fest und wartete ab. Maria blieb lange unten.

Und noch länger. Und noch länger. Ich versuchte meine Panik im Zaum zu halten, aber hätte sie nicht längst wieder Luft holen müssen?

Endlich tauchte Marias Kopf aus dem Wasser auf. »Das glaubst du mir nicht!«, keuchte sie und schnappte gierig nach Luft, während sie sich mit einer Hand ans Surfbrett klammerte. »Da unten ist ein winziges Delfinbaby!«

»Was?«, rief ich.

Maria nickte und schleuderte ihren triefnassen Zopf über die Schulter. »Und Wave ist auch da unten! Aber ich glaube, dem Baby geht's nicht so gut, keine Ahnung!«

»Wie mein…«, sagte ich.

Maria war schon wieder untergetaucht. Ich wünschte, ich hätte besser tauchen können. Dann hätte ich mitkommen und nachsehen können, ob das wirklich stimmte. Ich konnte es nämlich nicht glauben. Ein Delfinbaby? Wo sollte das denn auf einmal hergekommen sein?

Da klappte vor Überraschung mein Mund auf. Mit einem Schlag wurde mir alles klar, und als Maria wieder an der Oberfläche erschien, rief ich: »Wave ist kein Männchen! Wave ist ein Weibchen!«

»Ja!« Maria sah mir in die Augen. »Und sie hat gerade ein Baby bekommen!« Damit tauchte sie wieder unter.

Jetzt wusste ich auch, was es mit dieser seltsamen Beule an seinem … nein, an *ihrem* Bauch auf sich hatte! Und wieso Wave sich vorhin so seltsam benommen hatte und die anderen Delfine so aufgeregt waren! Meine Gedanken überschlugen sich. Wave war eben Mama geworden!

Da kehrte Maria zurück. Erst nachdem sie mehrere Sekunden lang durchgeatmet hatte, brachte sie wieder etwas heraus. »Ich glaube, das Baby steckt da unten fest! Es klemmt in einer Felsspalte mit lauter Grünzeug drin, Algen oder so! Wave und die anderen wollen es irgendwie da rausholen, aber sie sind einfach zu groß und …«

»Oh Gott!«, rief ich. »Das ist meine Schuld! Ich habe die Delfine an die Felswand gedrängt!«

Maria wirkte verwirrt. »Egal«, sagte sie. »Ich glaube, die großen Delfine machen dem Baby nur Angst und dadurch verkriecht es sich immer tiefer in der Spalte und kommt erst recht nicht mehr raus!« Als ihr eine Welle ins Gesicht platschte, spuckte sie einen Mundvoll Salzwasser aus. »Aber wenn es nicht bald zum Luftholen nach oben kann …«

Sie musste den Satz nicht zu Ende sprechen. Delfine waren keine Fische, sondern Säugetiere, das wusste ich. Und wenn sie nicht ab und zu an der Oberfläche Luft schnappten, ertranken sie genau wie Menschen.

»Wir müssen dem Baby helfen!«, rief ich.

»Ich hab's doch versucht!«, schrie Maria verzweifelt. »Aber das Baby will nicht angefasst werden und ich kann es nicht einfach rausziehen, dazu habe ich zu wenig Kraft.«

Mein Brustkorb zog sich zusammen. Es gab nur eine Möglichkeit. »Ich komme mit runter«, sagte ich mit zittriger Stimme. »Zusammen kriegen wir das schon irgendwie hin.«

»Bist du dir sicher?«, fragte Maria erstaunt.

»Ja. Schwimm du vor – du weißt, wo das Baby ist. Ich komme nach.« Doch sie zögerte noch. »Mach schon!«, schrie ich.

»Okay.« Maria holte Luft und tauchte unter.

Für eine halbe Sekunde schloss ich die Augen. Konnte ich das wirklich schaffen? Aber ich hatte ja keine Wahl. Nur meinetwegen schwebte Waves Baby in Lebensgefahr.

Und bevor ich mich wieder in einen Angsthasen verwandeln konnte, atmete ich tiefer ein als jemals zuvor, ließ das Surfbrett los und schob mich mit den Armen und Beinen kräftig nach unten, immer weiter und weiter hinab …

So tief unten war das Wasser trüb und düster. Doch ein Stück vor mir blitzten Marias knallrote Shorts auf und so schwamm ich ihr hinterher, konzentrierte mich ganz auf meine Freundin und kämpfte gegen die Panik an.

Plötzlich zischte ein Delfin knapp an mir vorbei zur Oberfläche und warf mich dadurch beinahe aus der Bahn. In meinem Kopf pulsierte die Angst und ich war drauf und dran, einfach wieder umzukehren. Doch im selben Moment entdeckte ich direkt unter mir Wave. Maria war auch dort.

Noch ein paar Schwimmzüge, dann war ich dicht bei ihnen und sah das Baby zum ersten Mal. Es war winzig klein und unglaublich niedlich und einfach nur perfekt. Doch leider hatte Maria die Wahrheit gesagt – das Baby steckte tief in einer schartigen Felsspalte fest. Ich hatte keine Ahnung, wie wir es da jemals herausbekommen sollten.

Weiter drüben sah ich Maria an irgendetwas zerren. Ich schwamm zu ihr. Sie zog an einem dicken, ineinander verzwirbelten Algenstrang. Als sie mich entdeckte, zeigte sie mit einer überdeutlichen Geste auf die andere Seite der Felsspalte. Aus ihrem Mund und ihrer Nase strömten Luftblasen.

Ich spähte hinüber zur anderen Seite. Auch dort wiegte sich grünes Gestrüpp in der Strömung. Und auch diese Algen wuchsen anscheinend aus der Felsspalte, in der das Baby feststeckte. Endlich hatte ich Marias Plan verstanden! Wenn wir beide gleichzeitig an den Algen zerrten, könnten wir sie eventuell losreißen … und dadurch das Delfinbaby ruckzuck aus der Spalte katapultieren!

Also schwamm ich dorthin, packte das Algenbüschel, stemmte die Füße gegen die Felswand und zog mit aller Kraft. Scharfe Steinkanten und Korallen schnitten mir in die nackten Fußsohlen, aber ich achtete nicht auf den Schmerz und riss noch entschlossener an dem Gestrüpp. Meine Lunge brannte. Wenn ich nicht bald Luft holte …

Doch da war es so weit. Kaum spürte ich, wie unter mir irgendetwas nachgab, taumelte ich auch schon mit dem losen Algenbüschel in der Hand nach hinten, und im selben Augenblick schnellte das Delfinbaby, mit der Schnauze voraus, aus dem Spalt!

Einen Sekundenbruchteil später rauschte ein großer schwarz-weiß gefleckter Schatten von oben herab und stupste das Baby zur Oberfläche, damit es endlich seinen ersten Atemzug machen konnte. Auch mir ging endgültig die Luft aus und in diesem kurzen Moment hätte ich so gerne einfach aufgegeben. Ich war unglaublich erleichtert, dass Waves Baby in Sicherheit war, aber jetzt konnte ich einfach nicht mehr.

Da fasste mich eine kräftige Hand am Unterarm und zog mich zur Oberfläche.

24

Maria

Als Avery und ich endlich die Wasseroberfläche erreicht hatten, warteten Wave und ihr Baby schon auf uns. Avery schnappte keuchend nach Luft und wäre beinahe wieder untergegangen. Drüben an der Felswand trieb mein Surfbrett und ich schleppte sie schnell dorthin.

Wir klammerten uns an mein Board, atmeten durch und sahen zu, wie Wave und ihr winziges Neugeborenes ganz in unserer Nähe im Kreis schwammen. »Wow«, ächzte Avery irgendwann. »Wave hat ein Baby bekommen. Ich kann's immer noch nicht glauben.«

Ich staunte ebenfalls nicht schlecht. Ich hatte Wave so lange beobachtet und trotzdem nicht die geringste Ahnung gehabt! Am liebsten hätte ich diesen unglaublichen Moment sofort auf einer Zeichnung festgehalten, aber ohne meinen Skizzenblock musste ich mich eben auf mein Gedächtnis verlassen.

»Am besten bleiben wir hier und warten ruhig ab, bis Wave mit ihrem Baby davongeschwommen ist«, sagte ich. »So eine frischgebackene Mama hat bestimmt einen starken Beschützerinstinkt. Nicht dass sie sich von uns bedroht fühlt.«

Avery erschrak ein wenig. »Ja, stimmt.«

Die anderen Delfine hatten sich inzwischen wieder beruhigt, umringten Wave und ihr Baby aber immer noch schützend. Avery und ich sahen aus sicherer Entfernung zu und machten keinen Pieps. Doch nach ein paar Minuten drängelte sich Wave durch den Kreis ihrer Freunde und schwamm in unsere Richtung, dicht gefolgt von ihrem Baby.

»Sie kommt zu uns«, flüsterte Avery ehrfürchtig.

Ich war genauso aufgeregt wie sie. Wave machte überhaupt keinen ängstlichen oder wütenden Eindruck. Ich hatte vielmehr das Gefühl, sie wollte uns ihr Baby vorstellen, damit wir ihm Hallo sagen konnten!

»Vielleicht weiß sie ja, dass wir ihrem Kleinen geholfen haben«, überlegte ich laut.

Avery zuckte die Schultern. »Delfine sind doch angeblich die intelligentesten Tiere der Welt, oder?« Dann ließ sie das Surfbrett los und schwamm den beiden vorsichtig entgegen. »Hey, kleines Baby.«

Ich hielt den Atem an. Jetzt, wo Avery immer näher kam, würde Wave sie vielleicht doch noch als Bedrohung empfinden ... Aber Wave schwamm munter weiter und das Baby folgte ihr, als hätten sie gar keine Angst vor Avery. Da wagte ich mich ebenfalls vor. Das Baby stellte sich noch ein wenig ungeschickt an, aber es flitzte schon vergnügt durchs Wasser, stieß dabei immer wieder mit uns zusammen und quiekte lustig. Als Avery seine winzige Finne berührte, zuckte es leicht zusammen und Avery gluckste.

»Du weißt schon, was hier gerade los ist, oder?«, sagte ich nach einer Weile und warf einen Blick auf die anderen Delfine. Sie umkreisten uns vollkommen entspannt. »Dein Traum ist wahr geworden! Ganz in echt!«

Avery drehte sich zu mir um und sah mich mit großen, staunenden Augen an. »Stimmt! Das ... das ist ja unglaublich! Ich ... nein, *wir*, wir schwimmen mit den Delfinen! Wir sind mittendrin!«

Da musste ich lächeln und unser dummer Streit von vorhin kam mir plötzlich absolut unwichtig vor. Was war denn so schlimm daran, dass Avery und ich so unterschiedlich waren? Dann tickte sie eben ein bisschen anders als ich, und wenn schon!

Wenn mich nicht alles täuschte, dachte Avery nach diesem fantastischen Abenteuer mit Wave und ihrem Baby sowieso nicht mehr an unseren Streit. Und trotzdem war es mir irgendwie sehr wichtig, noch etwas dazu zu sagen. Ich musste schlucken. Sollte ich das Thema wirklich jetzt ansprechen? Aber Avery war gerade so mutig gewesen, sie hatte ihre Angst vor dem Meer besiegt und kurz entschlossen gehandelt … da konnte ich auch mal tapfer sein.

»Es tut mir leid«, sagte ich schnell, damit ich es mir nicht noch anders überlegen konnte. »Das vorhin, dass ich so ausgeflippt bin … das war nicht fair.«

Avery wirkte überrascht. »Was meinst du?« Sie streichelte Wave, die gerade an ihr vorbeischwamm.

»Also ich finde schon, dass das mit dem Skizzenblock nicht ganz okay von dir war. Aber jetzt hat es doch sein Gutes – Josie hat ihn meiner Mom gezeigt und deshalb lassen mich meine Eltern vielleicht doch noch zu dem Seminar gehen.«

»Echt?«, rief Avery und strahlte bis über beide Ohren. »Das ist ja großartig!«

»Ja.« Als ich sie anlächelte, spürte ich einen Kloß im Hals. »Also ich hoffe, du, na ja, du nimmst meine

Entschuldigung an, dass ich dich so angeschrien habe. Ich fände es nämlich schön, wenn wir wieder Freundinnen wären.«

»Aber wir sind doch Freundinnen«, sagte Avery mit fester Stimme und schwamm zu mir. »Das ist doch sowieso klar!«

Und schon fiel sie mir um den Hals und presste dadurch meine Arme eng an die Seiten, sodass wir prompt beide untergingen. Doch im nächsten Augenblick stieß etwas Großes, Festes von unten gegen meine Beine und schob Avery und mich wieder nach oben. Es war Wave, wer denn sonst!

Lachend tauchten wir wieder auf. »Jetzt hast du mich schon wieder gerettet, Wave!«, rief Avery grinsend.

Die gefleckte Delfindame stupste mich noch einmal mit der Schnauze an und wandte sich ab, um nach ihrem Baby zu sehen. Ich hielt mich mit einem Arm über Wasser, fasste Avery an der Hand und drückte sie ganz fest.

»Danke«, sagte ich.

»Wofür denn?« Avery beobachtete wieder das Delfinbaby und kicherte, als es unter- und ganz schnell wieder auftauchte.

»Für alles.« Mir kam so vieles in den Sinn. Zum Beispiel, dass meine Familie mich seit diesem Tag mit anderen Augen sah – das hatte ich Avery zu verdanken. Oder dass ich vielleicht doch noch an dem Kunstseminar teilnehmen konnte. Oder dass ich eine neue Freundin gefunden hatte, obwohl ich fast schon alle Hoffnung aufgegeben hatte, als meine alten Freundinnen weggezogen waren. Oder dass meine neue Freundin und ich uns wunderbar verstanden, obwohl wir praktisch das genaue Gegenteil voneinander waren. Ich musste an Wave denken. Wave fühlte sich in ihrer Delfinschule doch auch wohl, obwohl sie ein bisschen anders war als die anderen Delfine …

»Nein, ich muss mich bei dir bedanken«, sagte Avery überraschend ernst. »Wenn du mir nicht geholfen hättest mit dem Schwimmen und allem, hätte ich mich niemals da runter getraut. Ich hätte überhaupt nichts machen können.«

»Gern geschehen!« Ich strahlte Avery an und erinnerte mich, wie sie damals einfach so in meine Bucht spaziert war. Jetzt war die Bucht unser gemeinsamer Lieblingsplatz und darüber war ich sehr froh. »Dafür sind Freundinnen doch da.«

Catherine Hapka hat schon viele Bücher für Kinder und junge Erwachsene geschrieben. Sie lebt in Pennsylvania und liebt es, zu lesen, zu reiten, Musik zu hören, im Garten zu arbeiten und zu reisen.